中國語言文字研究輯刊

十一編

許錟輝 主編

第 16 冊

《南華眞經直音》研究

黃佩茹 著

花木蘭文化出版社

國家圖書館出版品預行編目資料

《南華真經直音》研究／黃佩茹 著 -- 初版 -- 新北市：花木
蘭文化出版社，2016〔民 105〕

目 2+152 面；21×29.7 公分

（中國語言文字研究輯刊 十一編；第 16 冊）

ISBN 978-986-404-743-7（精裝）

1. 南華真經直音 2. 研究考訂

802.08　　　　　　　　　　　　　　105013771

ISBN-978-986-404-743-7

9 789864 047437

中國語言文字研究輯刊

十一編　　第十六冊　　　　　　ISBN：978-986-404-743-7

《南華眞經直音》研究

作　　者　黃佩茹
主　　編　許錟輝
總 編 輯　杜潔祥
副總編輯　楊嘉樂
編　　輯　許郁翎、王筑　美術編輯　陳逸婷
出　　版　花木蘭文化出版社
社　　長　高小娟
聯絡地址　235 新北市中和區中安街七二號十三樓
　　　　　　電話：02-2923-1455／傳眞：02-2923-1452
網　　址　http://www.huamulan.tw 信箱 hml810518@gmail.com
印　　刷　普羅文化出版廣告事業
初　　版　2016 年 9 月
全書字數　99724 字
定　　價　十一編 17 冊（精裝）　台幣 42,000 元

《南華眞經直音》研究

黃佩茹 著

作者簡介

黃佩茹，苗栗縣通霄人。畢業於國立嘉義大學中國文學研究所，目前於國立中正大學博士班就讀。曾任國中國文教師，現爲專科學校國文科兼任講師。主要研究領域爲聲韻學、語言學。碩士論文爲《《南華眞經直音》研究》，另發表有單篇論文〈敦煌變文鷰子賦甲本語言特色探析〉、〈從重疊詞的詞彙語法運用看臺灣閩南語歇後語的多樣表現〉。大學時期獲科技部大專學生研究計畫補助，計畫名稱：〈臺灣閩南語歇後語研究〉。亦曾獲中華民國聲韻學會大專生聲韻學優秀論文獎，論文名稱：〈臺灣閩南語諧音類歇後語的音韻與結構表現特色〉。

提　要

　　《南華眞經直音》是北宋道士賈善翔爲《莊子》所作之音釋，收錄在《道藏》之中。內容依《莊子》各篇章而分列，並以「直音」作爲標音方式，也是目前所見第一本以標音方式「直音」爲書名的韻書。

　　雖名爲「直音」，但音注中前後字之關係有時會有「釋義」、「分化字」、「版本異文」等的情況出現。欲了解其前後字之聯繫，亦必需透過與陸德明《莊子音義》及北宋道士陳景元之作品《南華眞經章句音義》相互交叉比對後才能釐清。比較結果也顯示《南華眞經直音》許多音注實源於《莊子音義》，《南華眞經章句音義》同樣也是如此。

　　《南華眞經直音》雖有許多音注引自《莊子音義》，但有部分音注仍然具有鮮明的語音特色。刪去與《廣韻》、《莊子音義》標音相同之語料後，其他語料所顯示的語音系統反映出濁音清化、全濁上聲歸去聲、韻目合併成韻攝的形式等，深具宋代語音演化特色。

目次

第一章 緒 論

第一章「緒論」內容包含四節：第一節「研究動機與目的」；第二節「研究範圍與義界」；第三節「研究方法與步驟」；第四節「前人研究成果述評」。以下分節敘述之。

第一節 研究動機與目的

漢語語音史大致可分三大階段：周秦兩漢的上古音、魏晉至宋的中古音、元代至今的近代音。上古音研究對象，主要以韻語及形聲字為主。中古之後，韻書、韻圖漸漸豐富了起來，成為研究中古音的重要語料。到了近代，元代周德清《中原音韻》及明、清時期大量的韻書、韻圖等，都為近代音研究提供了豐富的材料。

其中宋代是漢語語音史上相當重要的時期，漢語語音由中古音轉變為近代音，很多音變都是在此時代產生，開啓了近代音很多新變化。有關宋代的韻書、韻圖、詞韻、詩韻等研究成果已相當豐碩，不管是從文學作品押韻韻腳方面進行歸納、針對某一語音演化現象為專題、抑或是某一部宋代語料的綜合探討，研究數量上都相當可觀。然而同為宋代，收錄於《道藏》中的相關語料卻鮮少受到關注，因此本文欲以《道藏》中所收錄的《南華眞經直音》作為文本進行相關研究。

　　本文的研究對象《南華眞經直音》〔註1〕是北宋道士賈善翔爲《莊子》所作之音釋，所代表的即是宋代的語音現象。《南華眞經直音》的架構並非如一般韻書，不管在整本書的架構上，或者是標音方式、音韻系統上面，都是呈現較鬆散的情況。就因其目的並非是要保留當時代的語音，亦非刻意的對歷代以來爲《莊子》所作之音注進行統整，僅是爲了個人閱讀《莊子》方便，隨手而作的音注作品。因此，與一般文人所作有系統且架構嚴謹的韻書是不相同的。就因其創作動機及內容與一般韻書不同，相較之下《南華眞經直音》是相當特別的語料。

　　觀現今有關《道藏》中韻書的相關研究，僅有舒泉福、鄧強、丁治民〈《南華眞經直音》聲類研究〉〔註2〕、袁媛〈《南華眞經直音》音切淺探〉〔註3〕、馮娟與楊超的〈陳景元道藏音注研究——有關聲母系統的研究〉〔註4〕、汪業全〈《道藏》音釋研究〉〔註5〕四篇，數量上相當稀少。且〈《南華眞經直音》聲類研究〉主要針對的皆是「聲母」的變化，並未對「韻母」、「聲調」加以探討。〈《南華眞經直音》音切淺探〉則是採抽樣的方式，僅以〈逍遙遊〉篇的內容作爲分析對象，研究範圍並非是整本書。此外，筆者統計《南華眞經直音》中所標之音與《廣韻》相較後，發現共有28條聲母產生音變，與〈《南華眞經直音》聲類研究〉所統計的聲母音變數44條有著落差，值得再進一步深入探討。

　　《道藏》中有同爲北宋時期陳景元所撰的《南華眞經章句音義》〔註6〕。《南華眞經章句音義》與《南華眞經直音》同是爲《南華眞經》標其生難字音，且時代也同爲北宋，且兩者許多音注的來源都是源自於陸德明《莊子音義》，因此

〔註1〕張繼禹主編：《中華道藏》，北京：華夏出版社，2004年1月。《南華眞經直音》收錄於《中華道藏》13冊，洞神部玉訣類，頁699。以下《道藏》中相關文獻，皆引自《中華道藏》，僅標冊數與頁碼。

〔註2〕舒泉福、鄧強、丁治民：〈《南華眞經直音》聲類研究〉，溫州職業技術學院學報，第7卷第1期，2007年3月，44～46頁。

〔註3〕袁媛：〈《南華眞經直音》音切初探〉，鄖陽師範高等專科學校學報，第32卷第1期，2012年2月，頁31～33。

〔註4〕馮娟、楊超：〈陳景元道藏音注研究—有關聲母系統的研究〉，西華師範大學學報（哲學社會科學版），第二期，2005年，頁94～97。

〔註5〕汪業全：〈《道藏》音釋研究〉，廣西師範大學，碩士論文，2001年5月。

〔註6〕收錄於《中華道藏》第十三冊，頁500。

文中亦欲將三者加以比較、探討，藉此凸顯《南華眞經直音》之特色。

　　此外，《南華眞經直音》因產生於宋代，雖其中音注來源可能是引自陸德明《莊子音義》，但這並非是全部。其中還是有賈善翔本身自身所自創的語料，這些語料可能會受當時宋代語音系統的影響，也有可能受作者本身四川方音的影響，所以在理出《南華眞經直音》語音系統特色之後，亦會與宋代語音系統及宋代四川方音系統進行比較分析，觀察《南華眞經直音》是否具宋代語音演化特色或者宋代四川方音的影響。

第二節　研究範圍與義界

　　本節「研究範圍與義界」分爲三個部分：第一是研究文本《南華眞經直音》，第二爲「與《南華眞經直音》相關之《莊子》系列語音」，第三是「宋代語音系統及宋代四川方音系統」。以下將分點敘述之：

一、《南華眞經直音》

　　本文主要以《南華眞經直音》爲研究對象。《南華眞經直音》爲北宋賈善翔撰，收入於《道藏》，目前僅見此版本。本研究內容包含《南華眞經直音》作者賈善翔之生平與撰著，及《南華眞經直音》之成書年代與動機，還有書中之標音方式及內容等方面。《南華眞經直音》目錄依照《南華眞經》列 33 篇，但標音內容卻僅從〈逍遙遊〉至〈天運〉，以下殘缺，合計其標音共計 1233 條。

　　文中欲將其內容與陸德明《莊子音義》、陳景元《南華眞經章句音義》互相比較，找出其標音來源與特色。並參照《廣韻》，觀察其聲母、韻母、聲調等方面音變現象並討論，以明其音變演化的規律。

二、與《南華眞經直音》相關之《莊子》系列語音

　　《莊子》系列語音的部分，會將《南華眞經直音》當中許多語料引述來源的陸德明《莊子音義》及同爲北宋時期道士陳景元所作的《南華眞經章句音義》納入研究範圍之中。

　　《南華眞經直音》在與陸德明《莊子音義》相互比較之後，可以發現到其內容有許多引自於《莊子音義》，有些語料也可以透過參照後得知其並非是單純

標音，而有釋義、標明異體字或者說明版本異文的情況。所以，陸德明《莊子音義》因要和研究文本《南華眞經直音》作參照，所以納入研究範圍之中。

除陸德明《莊子音義》以外，還需納入研究範圍的《莊子》系列語音相關書籍還有同爲北宋道士陳景元的《南華眞經章句音義》。不僅是因陳景元與賈善翔身分同爲道士，且都是北宋人，更重要的是《南華眞經章句音義》這本書的內容也有許多引自於《莊子音義》，與《南華眞經直音》就可以互相參照，因此亦納入本研究範圍之中。

三、宋代語音系統及宋代四川方音系統

賈善翔爲北宋四川人，雖《南華眞經直音》有許多語料是引自於陸德明《莊子音義》，但是其中亦不乏賈善翔自身所作的音注，所以在這其中賈善翔難免會受當時代語音的影響，反映於《南華眞經直音》語音系統之中。所以本文亦會將宋代語音及宋代四川方音納入研究範圍之內，來與《南華眞經直音》之語音系統特色作參照。

第三節　研究方法與步驟

有關本研究之研究方法與步驟如下：

一、蒐集資料：找尋《南華眞經直音》、《南華眞經章句音義》相關版本、作者、成書年代等資料。並透過「全國博碩士論文資訊網」、「中國期刊網」、「中國古籍書目資料庫」等相關途徑收集與《南華眞經直音》相關之書籍與期刊，以求能夠掌握最新相關資訊，並使本研究更加豐富、紮實。

二、語料相互對照：將賈善翔《南華眞經直音》語料輸入電腦，使用對照法與《廣韻》、陸德明《莊子音義》、陳景元的《南華眞經章句音義》相互對照，刪除與《廣韻》相同標音者，並找出哪些語料是引自《莊子音義》，哪些並非是標音，而是釋義、分化字、版本異文、異體字或刻工之誤。所餘之語料前後字之關係即是以音韻作爲連結。

三、《莊子》系列語音比較：將標音語料做作音韻上之分析，並在《莊子音義》及《南華眞經章句音義》找到爲同一字標音之語料，三者作音韻上之比較，判斷何者語音系統與《廣韻》音韻系統較近似。

四、由第三步驟結果顯示《莊子音義》及《南華眞經章句音義》音韻系統與《廣韻》音韻系統較近似。《南華眞經直音》則有一套屬於本身之音韻系統特色。

五、透過歸納法將《南華眞經直音》系統作一統整，可發現其聲母呈現出濁音清化、牙喉音互混等特色。韻母則呈現同攝韻母混用朝著韻攝發展的情況，且音變數量最多在止攝與蟹攝。聲調則是具濁上歸去的演化特色。

六、使用比較法將《南華眞經直音》語音系統和宋代語音、宋代四川方音特色做比較。

七、歸納出《南華眞經直音》語音系統受宋代語音系統之影響，宋代四川方音對《南華眞經直音》影響並不大。

八、總結《南華眞經直音》之特色，與其在漢語語音史上的地位。

第四節　前人研究成果述評

本文以《南華眞經直音》爲研究對象，並與同時代陳景元所撰的《南華眞經章句音義》，及《南華眞經直音》、《南華眞經章句音義》許多語料的引述來源陸德明《莊子音義》加以比較探討，因此在前人相關研究成果方面，可區分爲四點，茲分述如下：

一、《南華眞經直音》相關研究

二、陸德明《莊子音義》相關研究

三、陳景元《南華眞經章句音義》相關研究

四、宋代語音討論

五、標音方式討論

一、《南華眞經直音》相關研究

《南華眞經直音》相關研究有舒泉福、鄧強、丁治民〈《南華眞經直音》聲類研究〉、袁媛〈《南華眞經直音》音切淺探〉。

舒泉福、鄧強、丁治民〈《南華眞經直音》聲類研究〉主要對《南華眞經直音》中的聲母加以分類探討。其內容除了簡述賈善翔之生平外，亦統計出《南華眞經直音》標音共 1233 條，反切 306 條，直音 830 條，辨別四聲 97

條。更指出聲類與《廣韻》相同有 1289 條，不同的 44 條。

緊接著再針對這 44 條聲母加以討論，得出其聲母表現出：輕重唇音分化、非敷合一；全濁聲母清化；知章全流；影喻合一，共四大特點。但其後也指出，雖《南華眞經直音》具有這些特點，但卻不足以證明這爲宋代四川方音特色，必須再進一步考察。藉由此篇論文的分析與總結，讓人對《南華眞經直音》的聲母音變情況有著相當的了解，也可清楚的看出《南華眞經直音》聲母的特色。

袁媛〈《南華眞經直音》音切淺探〉雖其題目標明研究範圍是《南華眞經直音》，但是內文研究對象僅是以《南華眞經直音》第一篇〈逍遙遊〉音注爲分析對象。內容先從《南華眞經直音》的注音類型做切入，共可分五大類：直音、反切、標明四聲、先直音再注明聲調、破讀字。接著再說明「直音」的標音情況可分三種：用簡明易認的常見字給難認難懂的生僻字注音；雖用直音的形式，目的卻是爲了辨明聲調；標明異讀字，並舉出相關例證。

文中亦有與《經典釋文》從「注字數量」、「注字角度」、「注音形式」及「注音內容」進行相關比較分析。所得結論即是：《南華眞經直音》的音切與《經典釋文》是承襲關係，從〈逍遙遊〉篇當中的分析來看，就有 43%是與《經典釋文》相同。此外，《經典釋文》是一部因音辨義的訓詁書，但《南華眞經直音》標音目的單純，就只是爲了標音而作。

最後，作者歸納《南華眞經直音》之特色是較《經典釋文》更曉暢簡易，更加的淺顯易讀。文末更指出，舒泉福、鄧強、丁治民〈《南華眞經直音》聲類研究〉研究發現《南華眞經直音》具宋代通語語音的演變和當時四川方言的一些特點，袁媛認爲將其與《經典釋文》來加以比較，應可對唐宋時期語音的演變會有更多的發現，是值得再加以深入探討的。

二、陸德明《莊子音義》相關研究

陸德明《莊子音義》相關研究數量並不少，其中黃華珍所著《莊子音義研究》〔註7〕研究範圍是較全面的，從版本、內容各個層面來對《莊子音義》加以分析介紹，是本研究的重要參考資料。另外，李正芬〈試論《經典釋文·

〔註 7〕黃華珍：《莊子音義研究》，北京：中華書局，1999 年。

莊子音義》在《莊子》注釋上的價值〉〔註8〕亦是重要的輔助資料。因本研究
欲將研究文本《南華眞經直音》的音注與《莊子音義》及《南華眞經章句音
義》做音注上的比較分析與探討，所以了解《莊子音義》的音注特色是很重
要的工作。在〈試論《經典釋文・莊子音義》在《莊子》注釋上的價值〉之
中就針對《莊子音義》的音注內容與體例做了詳細的分析亦舉了許多例證，
其分析結果顯示，《莊子音義》之內容共可分爲五類：1. 字詞訓詁、2. 注音
異讀、3. 版本異文、4. 連讀句讀、5.《莊學思想》。因此，本研究欲在黃華珍
《莊子音義研究》、李正芬〈試論《經典釋文・莊子音義》在《莊子》注釋上
的價值〉的基礎上，將《南華眞經直音》的音注與《莊子音義》作一比較分
析。

三、陳景元的《南華眞經章句音義》相關研究

　　陳景元的《南華眞經章句音義》相關研究有馮娟、楊超的〈陳景元道藏音
注研究——有關聲母系統的研究〉與汪業全〈《道藏》音釋研究〉。

　　馮娟、楊超的〈陳景元道藏音注研究——有關聲母系統的研究〉概述陳景
元生平之外，便對《南華眞經章句音義》與《上清大洞眞經玉訣音義》中的
聲母加以分類探討。其分析結果顯示：清脣音已從重脣音中分化而出，且清
脣的非、敷、奉有合一的趨勢。另外，端知兩組雖有互混的情況，不過對立
已相當明顯。齒音字方面，精、莊、章組互有類隔的現象產生，莊章則有合
一的跡象。此外，娘母並入泥母，日母獨立。船禪合一，從邪合一，云以兩
聲母不混，知、章、莊則有合一的現象，全濁聲母也已有清化的現象產生。

　　汪業全〈《道藏》音釋研究〉中，以《上清大洞眞經玉訣音義》爲主，主要
著墨於陳景元的注音特點與標明直音、反切時，選用直音字、反切字的原則，
並結合訓詁學對其考察。文中舉了許多《上清大洞眞經玉訣音義》注音特點，
如「識異體」:「華并音花」。或者分析《上清大洞眞經玉訣音義》音注取音定切
的依據。其中的標音根據作者分析，大多與《廣韻》或《集韻》相同，因此也
展現宋代全濁聲母清化的現象。

〔註 8〕李正芬：〈試論《經典釋文・莊子音義》在《莊子》注釋上的價值〉，《第八屆中國
訓詁學全國學術研討會論文集》，96 年 5 月，頁 101～123。

四、宋代語音討論

　　有關宋代語音現象討論的相關專書、期刊論文不少，如：竺家寧《九經直音韻母研究》〔註9〕、伍明清〈宋代之古音學〉〔註10〕、孫建元〈宋人音釋研究〉〔註11〕……等。

　　由研究結果顯示：宋代的聲母除了輕唇音產生、喻三喻四合併、照二照三合併之外，也發生了濁音清化、非敷奉合流、知照合流、零聲母擴大的現象。在韻母方面，併轉爲攝，三、四等韻的界限的消失，舌尖元音產生。聲調方面，濁上已有變去的跡象，入聲-p、-t、-k 三類韻尾普遍通用，轉爲喉塞音韻尾。

　　因宋代語音研究數量相當龐大，但語音演化的現象大方向是一致的，爲了比較上的方便，本論文主要探竺家寧《聲韻學》第十二講〈中古後期語音概述〉其中所提到的宋代語料《集韻》、《五音集韻》（金）、《禮部韻略》、《平水韻》、《古今韻會舉要》（元）、《九經直音》、《聲音唱和圖》、《詩集傳》叶音等八本之語音特色及宋代詩詞的用韻〔註12〕，以及陸華〈《資治通鑑釋文》音切反映的宋代音系——聲類的討論〉〔註13〕來與《南華眞經直音》相互參照。

五、標音方式討論

　　標音方式相關論文，如：王式畏〈淺談反切〉〔註14〕、吳繼剛〈漢語字典注音方式中的直音法〉〔註15〕。王式畏〈淺談反切〉文中闡述了「反切」的定義與起源、反切原理、反切規律等，對於「反切」作了相當深入的介紹。吳繼剛〈漢語字典注音方式中的直音法〉主要從「直音」的格式、發展及優缺點等方面進行探討，並舉例子作爲佐證。以上兩篇文章對於了解「反切」與「直音」

〔註9〕　竺家寧：《九經直音韻母研究》，臺北：文史哲出版社，1980 年 11 月。

〔註10〕　伍明清：〈宋代之古音學〉，國立臺灣大學，中國文學研究所，碩士論文，1989 年。

〔註11〕　孫建元：〈宋人音釋研究〉，南京大學，博士論文，1997。

〔註12〕　竺家寧《聲韻學》，臺北：五南出版社，2006 年，頁 383～442。

〔註13〕　陸華：〈《資治通鑑釋文》音切反映的宋代音系——聲類的討論〉，柳州師專學報，第 19 卷 3 期，2004 年 9 月，頁 35～37。

〔註14〕　王式畏：〈淺談反切〉，德宏教育學苑學報，第二期，2003 年，頁 37～56。

〔註15〕　吳繼剛：〈漢語字典注音方式中的直音法〉，樂山師範學院學報，第 21 卷第 4 期，2006 年 4 月，頁 51～53。

兩種標音方式，有著莫大的幫助。

綜觀以上前人成果，在《南華眞經直音》相關研究方面，舒泉福、鄧強、丁治民〈《南華眞經直音》聲類研究〉，與筆者統計的標音總數、各標音方式、聲母音變數量上卻有所出入。筆者統計《南華眞經直音》標音數量共計 1233 字，直音 813 條，反切 313 條，以聲調標音 96 條，尚有同時以紐四聲標音 9 條，以直音、反切標音 1 條，反切、紐四聲標音 1 條。《南華眞經直音》中所標之音與《廣韻》相較後，發現共有 27 條聲母產生音變，與〈《南華眞經直音》聲類研究〉所統計的聲母音變數 44 條有著較大的落差。因此，期待本研究成果能糾其謬誤。

袁媛〈《南華眞經直音》音切淺探〉雖其題目標明其研究範圍是《南華眞經直音》，但是內文研究對象僅是以《南華眞經直音》第一篇〈逍遙遊〉音注爲取樣對象，單一篇的音注並不能代表整部《南華眞經直音》的音韻系統。此外，雖其內文中有與《莊子音義》作比較，但是這也只能歸結出兩書相似之處，也忽略了《南華眞經直音》本身所具有的音韻系統特色。另外，因其採取樣而非全面探討的關係，所以其研究成果顯示《南華眞經直音》當中標音方式「直音」的作用可辨明聲調、標明異讀字，但如果從《南華眞經直音》全本來探討的話，會發現「直音」的作用遠比辨明聲調、標明異讀字複雜的多，包含釋義關係、分化字、版本異文、異體字，甚至還有少部分是因刻工的關係而導致的錯誤。因此，本文會從較宏觀的角度，對《南華眞經直音》之內容做全面的剖析。

陳景元的《南華眞經章句音義》相關研究方面，馮娟、楊超的〈陳景元道藏音注研究——有關聲母系統的研究〉、汪業全〈《道藏》音釋研究〉則有助於《南華眞經直音》與《南華眞經章句音義》進行比較，亦可因此而顯各書之價值。宋代語音之相關研究成果，則可檢視《南華眞經直音》是否同具宋代語音之特性，又或有何特殊音變現象的產生。標音方式方面，可與《南華眞經直音》中之標音方式相參照，顯現《南華眞經直音》之標音特色。

第二章 《南華眞經直音》作者與成書概述

本章共分兩節，第一節爲「賈善翔之生平與撰著」。內容介紹《南華眞經直音》作者賈善翔之生平事蹟與其作品。第二節「《南華眞經直音》」之版本與內容，針對《南華眞經直音》之版本、成書年代，賈善翔之著書動機與《南華眞經直音》之內容加以說明。

第一節 賈善翔之生平與撰著

賈善翔，爲一道士，生卒年不詳。但元代道士趙道一《歷世眞仙體道通鑑》中卻有所記載其事蹟：

> 道士賈善翔，蓬州人，字鴻舉。善談笑，好琴嗜酒，混俗和光，默究修煉。蘇東坡嘗過之，獻書問曰：身如芭蕉，心似蓮花，百節疏通，萬竅玲瓏。來時一，去時八萬四千。末云：鴻舉下語。善翔答曰：老道士這裏沒許多般數。善翔於宋哲宗朝作猶龍記暨高道傳，行於世。一日在亳州太清宮，眾請講太上洞玄靈寶度人經。至「說經二遍，盲者目明」。時會中有一嫗，年七十餘，喪明已三十年，一聞經義，豁然自明。後啟醮之夕，夢眾靈官傳太上命，賜其仙服，以善翔爲太清宮主者。數日後，竟返眞。張商英作眞遊記，編載其

事。〔註1〕

〔南宋〕阮閱《詩話總龜後集》引《東皋雜錄》又云：

> 蓬州道士賈善翔，字鴻舉。能劇談，善琴嗜酒，士大夫喜與之遊。
> 東坡嘗過之，獻書問曰：身如芭蕉，心似蓮花，百節疏通，萬竅玲
> 瓏。來時一，去時八萬四千。末云：鴻舉下語。賈答曰：老道士這
> 裏沒許多般數。張天覺跋其後云：「去時八萬四千，不知落在那邊，
> 若不斬頭覓活，誰知措大參禪。」〔註2〕

賈善翔，字鴻舉，號崇德悟眞大師〔註3〕，蓬州人，也就是現今的四川省
營山縣人。賈善翔個性善與人說笑，且喜彈琴、喝酒，與當代文人蘇東坡是
好友。其職業爲道士，曾在亳州太清宮，講解《太上洞玄靈寶度人經》，文中
更記載盲婦聽其講經後，竟重見光明的神蹟。

雖賈善翔爲一道士，但其著作亦不少。除本研究《南華眞經直音》一卷
外，尚有《太上出家傳度儀》〔註4〕一卷、《猶龍傳》〔註5〕三卷，以上均收入
於《道藏》。此外，另有《高道傳》〔註6〕十卷，《遂初堂書目》〔註7〕、《宋史》
〔註8〕、《通志》〔註9〕均列其書目，但已不見全本。

雖《高道傳》現今已不復見，但其內容卻爲多人所引。宋正一道士陳葆
光編集《三洞群仙錄》〔註10〕亦引《高道傳》。據南宋道士呂太古《道門通教
必用集》卷一〈歷代宗師略傳〉稱：

〔註1〕中華道藏 47 冊《歷世眞仙體道通鑑》卷五十一，頁 562。

〔註2〕〔南宋〕阮閱《詩話總龜後集》收錄於臺灣商務印書館：《文淵閣四庫全書集部》，
臺北，商務印書館，1986 年。766 冊，頁 872。

〔註3〕任繼愈主編：《道藏提要》，北京：中國社會科學出版社，1995 年 8 月，頁 1237。

〔註4〕見《中華道藏》42 冊，頁 261。

〔註5〕收錄於《中華道藏》45 冊，頁 584。

〔註6〕原書已佚。今人嚴一萍編：《道教研究資料第一輯》，臺北：藝文印書館，1991 年，
再版。集佚《高道傳》四卷。

〔註7〕尤袤：《遂初堂書目·道家類》，頁五十一。

〔註8〕托克托：《宋史》卷二百五，頁二十一右。

〔註9〕鄭樵：《通志》卷六十五，頁四十一右。

〔註10〕見《中華道藏》45 冊，頁 268。

神仙之學盛，禱祠之法興，自東漢而下，迄聖朝之初，蓬丘子賈善
翔集以斯道鳴世者百餘人，爲《高道傳》。〔註11〕

其後呂太古列「其尤者十數」，有張天師、葛仙公、王纂、陸天師（修靜）、
寇天師（謙之）、王道義、正一先生（司馬承楨）、李含光、吳宗元（吳筠）、
劉知古、傅練師（仙宗）、閭丘先生（方遠），杜天師（光庭）、蘇澄隱、張無
夢、劉先生（從善）計十六人。《說郛》〔註12〕所收《高道傳》僅七人。由以
上賈善翔之著作就可看出其對道教書籍、道教人物、科儀均有相當貢獻。

第二節　《南華眞經直音》之版本與內容

本節主要針對《南華眞經直音》之版本加以說明，次則討論其成書年代，
而後說明作者賈善翔之成書動機，再者概述《南華眞經直音》之內容。

一、版　本

《南華眞經直音》目前僅見存於《道藏》中之版本。《正統道藏》收錄於第
十六冊洞神部玉訣類，共一卷。〔註13〕《中華道藏》則收錄於第十三冊。〔註14〕

《正統道藏》中《南華眞經直音》一頁分上、下兩欄，欄之上方題「《南
華眞經直音》」並標明欄數。「直音序」上標「《南華眞經直音》序第一」、「《南
華眞經直音》序第二」。後之內容若第一欄則標「《南華眞經直音》第一」，內
容共計二十欄。一欄共二十行，篇名亦佔一行，一行十七字，前字〔註15〕字體
較大，音注字體略小。《中華道藏》一頁分三欄，欄上並無題字。因篇名所佔
行數較大，每欄行數不固定，大致而言一欄約莫二十三行。每篇音注開頭內
縮兩格，前字亦略大，音注字體小，每行字數亦不定。

《中華道藏》是依《正統道藏》所載之內容校點而成。但經筆者將兩者
對照比較後，發現兩者之間略有不同。因《正統道藏》爲刻本，少許字已不

〔註11〕見《中華道藏》42 冊，頁 484。

〔註12〕明・陶宗儀《說郛》卷十下，頁 29 左。

〔註13〕《正統道藏》第十六冊，頁 1～5。見「附錄資料」。

〔註14〕《中華道藏》，頁 699～705。見「附錄資料」。

〔註15〕摘自《莊子》的欲注之字，爲行文方便稱之爲「前字」，以下同。

太能加以辨識。《中華道藏》則是針對《正統道藏》中之內容以打字方式將其列出，並加以標點。針對《正統道藏》中較模糊的字，點校者依個人判斷來加以推測其原來的字。如：

坳，於交切。【700-1-2，逍遙遊7，總數7】〔註16〕

《中華道藏》作「坳」，但《正統道藏》中則將「坳」中右偏旁之「力」刻爲「刀」字。但經《中華道藏》點校者推測與校訂之後，將其作「坳」。此例作「坳」後與其反切「於交切」亦是相符的。此外，又如：

從，比容切。【703-3-10，在宥23，總數918】

《正統道藏》中「從」字反切刻爲「比容切」，但《中華道藏》在校訂之後，將「比容切」更改爲「此容切」。「比容切」之音與「從」之字音相差甚大，因此《中華道藏》將其判斷爲刻工上之誤，更改爲「此容切」。

另外，又如：

春，詩容切。【700-1-5，逍遙遊20，總數20】

絜，口節切。【704-1-20，天地60，總數1046】

第一例《中華道藏》作「春，詩容切」，但「春」字之音與「詩容切」相差頗大。且經筆者對照《正統道藏》、《經典釋文》與《南華眞經章句音義》之後，發現「春」字應爲「舂」字，雖《正統道藏》內文「舂」字「舂」刻得與「春」字頗爲相似，但隱約還是可看出其字形略有不同。倘若作「舂」，與其後「詩容切」之音亦較吻合。

第二例《中華道藏》作「絜，口節切」，其中「口」字在《正統道藏》中刻爲「𣇵」看似近「日」但又非「日」，亦非《中華道藏》中的「口」。待筆者再與《經典釋文》、《南華眞經章句音義》對照後，則推測此字應爲「口」字，如此便與《經典釋文》、《南華眞經章句音義》所注「苦結切」之聲母「溪」相符合，字形上亦相似。

從以上所舉之例，可發現《中華道藏》與《正統道藏》中所收錄的《南華

〔註16〕 「700-1-2，逍遙遊7，總數7」即代表「坳，於交切」於《中華道藏》頁700，第一欄，第二行（篇名不算行），〈逍遙遊〉中第7個音注，《南華眞經直音》中第7個音注。以下相關引文之頁數標注方式同，不另加註。

眞經直音》略有不同。但因《中華道藏》之《南華眞經直音》已經後人點校，可糾正《正統道藏》中刻工之誤，因此本研究以《中華道藏》之《南華眞經直音》爲研究底本。並以《正統道藏》中《南華眞經直音》爲輔助，藉此還原《南華眞經直音》之原貌，並針對其語音系統加以分析。

二、成書年代

　　《道藏》中所收錄的《南華眞經直音》，前附有作者賈善翔自身所寫的「直音序」。「直音序」末題「元祐丙寅之冬蓬丘子記」。「元祐」爲北宋哲宗趙煦的第一個年號，「元祐丙寅」爲「元祐元年」，也就是西元 1086 年。「蓬丘子」則是賈善翔之號。從此處則可推論，《南華眞經直音》成書於西元 1086 年的冬天。

三、寫作動機

　　在《南華眞經直音》之前則附上賈善翔自身所寫的「直音序」：

　　直音序

　　崇得悟眞大師臣賈善翔上進

　　天下搢紳之士，始束髮讀書，則擇師友而受之。故能高談奧論、別白眞僞，而後享貴富，流聲无垠，未始不始於斯。所謂一卷之書，必立之師者是已。然世之好事者，不暇擇師友，每乘閑披覽以適性情，而其間有深字及點發假借稱呼者，往往不識。遂考之于釋音。然釋音有類格，翻切之難，不能洞曉。於是檢閱至于再，至于三，其心已倦怠，而不覺掩卷就枕。不識字則不知義，不知義則无味，无味則不樂，不樂則欲无倦怠，其可得耶？愚非聞之於交游，實目擊斯人之若此。因吐納之暇，輒以老莊深字泊點發假借者，皆以淺字誌之。其有難得淺字可釋者，即以音和切之。庶披覽者易得其字。命之曰直音。亦小補於學者之一端云。

　　元祐丙寅之冬蓬丘子記。〔註17〕

　　以上「直音序」中，包含兩大重點：

〔註17〕收錄於《中華道藏》13 冊，頁 699。

1、說明《南華真經直音》寫作動機：

首先其敘述許多讀書人在開始認字讀書後，通常會拜師或與友人一起學習、討論，藉此豐富自己的學識。但賈善翔於研讀《莊子》之時未能拜師學藝或與友人一起研讀，許多生難字或點發〔註 18〕或使用假借字〔註 19〕，就無法了解與通讀。雖其會翻檢《釋音》，但卻未能得到解答。如此一來則失去了讀書的樂趣，且會無法了解書中之涵義，如此才讓賈善翔作《南華眞經直音》一書。

2、說明其音釋體例與規則：

《南華眞經直音》中不僅針對生難字加以音注，如遇點發、假借字亦會加以音釋。如果是深難字、點發及假借字，便使用常見字爲其直音，如果未能有常見之字可作音釋，則會退而求其次，使用反切來作爲標音方式。深難字相關例子如：

鵾，昆。【700-1-1，逍遙遊 1，總數 1】

「鵾」字筆劃較多，也較不常見，因此作者使用筆畫較少且常見的「昆」字作爲音注。「點發」的例子，如：

喪，去聲。【700-2-7，齊物論 5，總數 112】

「喪」字有兩種聲調，一者爲平聲一爲去聲。在此若依《莊子》原文當「失去」解，便要讀爲去聲，因此《南華眞經直音》在此強調「喪」字要讀去聲而非平

〔註 18〕 楊建忠、貫芹：〈談古書中的「點發」〉，古漢語研究，第 72 期，2006 年，頁 86～87。所謂「點發」又可稱「發」、「圈發」、「圈破」。是指根據上下文意，在此字的四角用「點」或「圈」來標明其聲調。若讀「平聲」的字，圈點於此字「左下方」；讀「上聲」，則圈點於「左上方」；讀爲「去聲」，則圈點「右上方」；讀爲「入聲」，圈點「右下方」。會針對特定字加以標明其讀音，主要因訓詁學的需要。「點發」其實是訓詁學上的「本字」、「如字」或「讀破」、「破讀」。針對特定字加以標示其聲調，是要告訴讀者此字是「同字異指」，透過聲調上的轉變而轉變成不同的意義，因怕讀者誤解，特地針對此字加以圈點來加以提醒。

〔註 19〕 「假借」乃六書之一。許愼《說文解字》云：「假借者，本無其字，依聲托事，令長是也。」隨著社會的發展，會有愈來愈多的新詞被創造出來，有音而無字形，也不一定會因此而創造出新字，所以人們就會借用一個現成字來加以替代，被借用的字就稱爲「假借」字。

聲。「假借字」如：

　　景，影。【700-3-23，齊物論148，總數255】

在此即指「景」字爲「影」字之假借。

　　聾，祿公切。【701-1-15，逍遙61，總數61】

「聾」字筆劃複雜且同音字筆劃亦多，因此《南華眞經直音》是使用反切的方式作爲標音。

　　因書中大致皆使用「直音」爲標音方式，且標音方式是按《莊子》之內容順序而下，讀者很容易就可以找尋到《莊子》中字之音注，所以此書才會以「直音」爲書名。

四、內容介紹

　　《南華眞經直音》之內容主要包含兩個部分：直音序與音注。首頁題書名《南華眞經直音》，其下書小字「南華邈附」。

　　《南華邈》置於《南華眞經直音》之後，兩書同卷。《道藏目錄詳註》與《道藏子目引得》皆認爲作者是賈善翔，但《南華邈》僅附於《南華眞經直音》之後，並未見其序跋，且《南華眞經直音》中亦未提及《南華邈》，因此無法判斷作者是否眞爲賈善翔。因《南華邈》內容主要介紹《南華眞經直音》三十三篇題意，與《南華眞經直音》並無直接關係，在此不詳加討論。

　　「直音序」置於全書首頁，署名「崇德悟眞大師臣賈善翔上進」。因賈善翔曾任道官左街都監同簽書教門公事，賜號「崇德悟眞大師」。而後即是「直音序」。內容如上文所述，主要闡述自身撰寫《南華眞經直音》之原由，亦說明其標音規則與方法，文末則標明創作時間與署名。

　　在「直音序」後，則依據《莊子》之篇目依序列出：逍遙遊第一、齊物論第二、養生主第三、人間世第四、德充符第五、大宗師第六、應帝王第七、駢拇第八、馬蹄第九、胠篋第十、在宥第十一、天地第十二、天道第十三、天運第十四、刻意第十五、繕性第十六、秋水第十七、至樂第十八、達生第十九、山木第二十、田子方第二十一、知北遊第二十二、庚桑楚第二十三、徐无鬼第二十四、則陽第二十五、外物第二十六、寓言第二十七、讓王第二十八、盜跖第二十九、說劍第三十、漁父第三十一、列御寇第三十二、天下

第三十三。

　　《南華眞經直音》依《莊子》之篇目依序列出三十三篇，針對這三十三篇中之內容擇字標音或釋義。但目前《道藏》中《南華眞經直音》所收錄之音注內容僅從「逍遙遊第一」至「天運第十四」計十四篇，「刻意第十五」至「天下第三十三」計十九篇之音注皆已亡佚不復見。

　　《南華眞經直音》是依各篇之內容與順序進行標音，所以在標音之前會先列出其篇名，再依《莊子》之內容擇字標注。其音注方式相當簡略，如：

　　　　飄，瓢。【700-2-14，齊物論32，總數139】

　　　　垢，古口切。【700-17-10，逍遙遊68，總數68】

有別於大多以「直音」作爲音注方式者，《南華眞經直音》則省略中間之「音」字。如第一例：「瓢」爲「飄」字之直音，但《南華眞經直音》並無以「飄，音瓢」的形式呈現，而是直接以「字體大小」來加以區分被注字與直音。第二例前字「垢」字體亦較大，直音「古口切」則使用較小的字體。

　　內容以「直音」標音，省略其中的「音」字有其特殊之作用，並非僅是爲了省略而省略。《南華眞經直音》的音注在與《經典釋文》、《南華眞經直音》相互對照比較後可發現，有些以「直音」方式呈現的音注，前字與後字的關係並不僅於「音同」，有些則是傳達同義字之作用，相關例子如：

　　　　景，影。【700-3-23，齊物論148，總數255】

　　　　恒，長。【702-2-1，大宗師46，總數561】

　　　　給，惠。【704-1-12，天地25，總數1011】

以上三例皆使用「直音」的音注方式，但是其前字與後字主要是以「同義」相連結，並非是音韻上的關係。如此便不能以「○音□」的方式呈現，由此處也可看出作者在標音形式上的特殊用意。

　　《南華眞經直音》從「逍遙第一」至「天運第十四」共十四篇標音，總數爲1233條，於各篇中之音注數目如下表所示：

表 2-1　《南華真經直音》各篇音注數量表

篇　　名	音　注　數	合　　計
逍遙遊第一	107	
齊物論第二	159	
養生主第三	42	
人間世第四	138	
德充符第五	68	
大宗師第六	155	
應帝王第七	53	1233
駢拇第八	39	
馬蹄第九	53	
胠篋第十	80	
在宥第十一	91	
天地第十二	116	
天道第十三	51	
天運第十四	81	

　　各篇標音總數皆隨各篇內容之多寡而增加或減少。因此如〈齊物論〉、〈大宗師〉、〈人間世〉篇章較長，音注數量也較多。

　　這 1233 條中有許多字是有所重複的，根據「重複次數」、「組數」分類得下表：

表 2-2　重複標音數量表

重複次數	組　　數	字　　數	合　　計
2	112	224	
3	35	105	
4	22	88	
5	5	25	
6	4	24	
7	3	21	
8	3	24	192 組
9	1	9	639 字
10	2	20	
11	1	11	
12	1	12	
14	1	14	
31	2	62	

重複兩次的有 112 組；重複三次的有 35 組；重複四次的有 22 組；重複五次的有 5 組；重複六次有 4 組；重複七次有 3 組；重複八次有 3 組；重複九次有 1 組；重覆十次有 2 組；重複十一次有 1 組；重覆十二次有 1 組；重覆十四次有 1 組；重複三十一次有 2 組。

以上重複的組數共計有 192 組，639 字。因此重複的 192 組加上未重複的 594 組，合計有 787 組。有所重複的字有 639 字加上未重複的 594 字，即是標音總數 1233 條。

以下將針對各組加以舉例說明。重複兩次之相關例子，如：

弋，翊。【702-3-7，應帝王 10，總數 680】

弋，翊。【703-2-19，胠篋 58，總數 873】

「弋」字在《南華眞經直音》中出現兩次，分別在〈應帝王〉篇、〈胠篋〉篇，且兩次皆使用「直音」的方式，且同用「翊」爲其直音。出現兩次之例又如：

叱，尺栗切。【700-2-12，齊物論 23，總數 130】

叱，昌失切。【702-2-13，大宗師 96，總數 611】

「叱」在〈齊物論〉與〈大宗師〉中各出現一次。《南華眞經直音》中兩者雖同用反切方式來標音，但使用的反切上字與下字卻不同，雖如此但「尺栗切」與「昌失切」的聲韻母卻是相同的。此外，亦有針對同一字，使用直音與反切兩種不同標音方式：

挾，戶牒切。【700-3-16，齊物論 124，總數 231】

挾，協。【703-1-8，駢拇 32，總數 755】

「挾」字在《南華眞經直音》中亦出現了兩次，分別在〈齊物論〉與〈駢拇〉。但兩次使用的標音方式卻不相同。在〈齊物論〉中的「挾」以反切「戶牒切」爲其標音，但〈駢拇〉當中的「挾」卻以直音「協」爲其音注。但觀反切「戶牒切」與直音「協」，聲韻母皆是與「挾」相同，並無任何差別。不過有些相同之字，會因《莊子》內文而有不同讀音：

去，去聲。【702-3-3，大宗師 151，總數 666】

去，上聲。【703-1-6，駢拇 22，總數 745】

同爲「去」字，在〈大宗師〉與〈駢拇〉篇所讀之音就因《莊子》內文而有所

差異。在〈大宗師〉中的「去」作「去聲」，〈駢拇〉中的「去」則是「上聲」。

重複三次的例子如：

而上，時掌切。【700-1-1，逍遙遊 4，總數 4】

上，上聲。【700-1-8，逍遙遊 29，總數 29】

上比，時掌切。【701-2-7，人間世 38，總數 347】

「上」字在《南華眞經直音》中共出現三次，其中〈逍遙遊〉與〈人間世〉的兩次的標音是相同的，皆是「時掌切」。但同爲〈逍遙遊〉中的「上」，亦有僅強調聲調爲「上聲」的音注。另外，又如：

白顙，息浪切。【701-3-5，人間世 119，總數 428】

顙，息黨切。【702-1-13，大宗師 18，總數 533】

顙，酥朗切。【704-2-10，天地 104，總數 1090】

「顙」出現了三次，雖標音方式皆使用反切，但三次的反切上字與下字皆不同。第一例與第二例的反切上字皆使用「息」，第三例則使用「酥」。反切下字三例皆不同，第一例使用「浪」字，第二例使用「黨」字，但三例則使用「朗」。雖三者反切上下字不盡相同，聲韻母卻是與「顙」相同。

反覆出現四次的字如：

倪，五稽切。【700-3-9，齊物論 92，總數 199】

倪，崖。【702-2-19，大宗師 120，總數 635】

倪，五子切。【702-3-5，應帝王 2，總數 672】

倪，五佳切。【703-2-3，馬蹄 43，總數 805】

以上四例「倪」之音注皆不相同。第一與第三、第四例的反切上字相同，皆是「五」，聲母爲「疑」。第二例有所不同，使用了直音作爲標音方式，但「崖」之聲母亦是「疑」與其他三者並無差別。然而韻母方面，就有所不同。第一例「稽」韻母爲「齊」，第二例與第四例韻母皆爲「佳」，第四例韻母則是「之」。此外，重複四次又如「殺」：

殺，色界切。【700-2-17，齊物論 46，總數 153】

殺，試。【703-2-9，胠篋 16，總數 831】

殺，所界切。【703-3-18，天道 18，總數 1120】

殺，所戒切。【705-1-3，天運 64，總數 1217】

第一、第三與第四例皆使用反切方式標音，僅第二例使用直音。第一例反切上字爲「色」與後兩者反切上字爲「所」不同。反切下字方面，反而是第一與第三例使用相同反切下字，第四例與前兩者不同。但使用反切爲標音方式的「殺」，聲母皆是「聲」，韻母皆是「皆」。但使用直音方式標音者「試」字，聲母爲「書」，韻母則是「之」，與其他三者有著頗大的差異。

重複五次以上之前字及其音注方式，如下表所列：

表 2-3　重複五次以上之音注

重複次數	前字	音　注　方　式
5	王	1.王，去聲。2. 王，旺。
	狙	1.狙，七余切。2. 狙，子余切。
	施	1.施，去聲。2. 施，異。3. 施，弛，始字去聲。
	郤	1.郤，去逆切，隙。2. 郤，去逆切。3. 郤，隙。
	墮	1.墮，隳。
6	長	1. 長，知丈切。
	間	1. 間，去聲。2. 間，閑。
	說	1. 說，稅。2. 說，悅。
	蘄	1. 蘄，祈。
7	縣	1. 縣，玄。
	覺	1. 覺，教。
	夫	1. 夫，扶。
8	行	1. 行，去聲。2. 行，下孟切。
	幾	1. 幾，飢。2. 幾，平聲。3. 幾，饑。
	數	1. 數，上聲。2. 數，朔。
9	好	1. 好，去聲。2. 好，呼告切。
10	邪	1. 邪，以遮切。2. 邪，爺。
	爲	1. 爲，謂。2. 爲，去聲。3. 爲，于僞切。4. 爲，胃。
11	與	1. 與，預。2. 與，余。3. 與，豫。
12	中	1. 中，知仲切。2. 中，去聲。3. 中，陟仲切。4. 中，仲。
14	樂	1. 樂，洛。

31	知	1. 知，智。
	惡	1. 惡，烏。2. 惡，汙。3. 惡，烏路切。4. 惡，烏各切。5. 惡，烏故切。

　　從上表可看出重複五次以上之前字，以「破音字」居多，但其音注大多都僅表一音，且其標音方式相當多樣。

　　以下將針對重複五次以上之音注，舉例並加以說明之。重複出現五次的字，如「施」：

　　　施，去聲。〔註20〕【703-3-2，胠篋72，總數887】

　　　施，異。【703-3-14，在宥40，總數935】

　　　施，弛，始字去聲。【704-3-8，天運2，總數1155】

以第一例形式，強調「施」字聲調爲「去聲」出現者，共出現三次分別出現在〈胠篋〉、〈天道〉與〈天運〉中，在此僅舉〈胠篋〉中之例。第二例〈在宥〉中的「施」則是使用直音「異」爲其標音。最後一例「施」字則同時使用直音「弛」，更強調其音如「始」字念作「去聲」，是相當特別的例子。

　　同字出現六次者，如「說」字：

　　　說，稅。【700-2-2，逍遙遊90，總數90】

　　　而說，悅。【701-3-15，德充符14，總數461】

　　《南華眞經直音》中「說」字皆使用直音方式標音，出現最多的篇章是〈德充符〉，共出現三次「說」字。其中兩次「說」字直音爲「悅」，另外一次則爲「稅」。〈逍遙遊〉與〈天運〉篇中的「說」讀音亦是「稅」，〈大宗師〉中的「說」則讀爲「悅」。雖所有例子皆以直音方式呈現讀音，但「稅」字聲母「書」，「悅」字聲母「以」，並不相同。韻母方面，「稅」字韻母「祭」，「悅」字韻母「薛」，亦是不同。

　　重複七次的字，共計有三組：

　　　縣，玄。【701-1-13，養生主41，總數308】

　　　然覺，教。【701-1-2，齊物論157，總數264】

〔註20〕因「施，去聲」重複次數較多，標音方式與內容皆相同，在此僅舉〈胠篋〉篇之例加以說明。下文若遇同字之標音方式與內容皆相同，且重複出現於多篇之情況，皆僅舉其中一篇之音注爲例。

且夫，扶。【700-1-2，逍遙遊6，總數6】

「縣」在《南華眞經直音》中共出現七次，分佈於〈養生主〉、〈大宗師〉……等不同篇章之中，皆以「玄」爲其直音。「覺」則使用「教」爲其直音，重複七次皆是如此。「夫」亦出現七次，同樣分佈於不同的篇章中，七次皆以「扶」爲其直音。

出現八次之例，如：

幾，飢。【700-3-3，齊物論70，總數177】

庶幾，平聲。【701-1-15，人間世4，總數313】

幾，饑。【701-2-11，人間世54，總數363】

无幾，上聲。【702-1-2，德充符39，總數486】

第一例與第三例皆是使用「直音」方式標音。以第一例形式出現共計三次，〈齊物論〉中出現兩次，〈天道〉中出現一次。以第三例形式出現者，亦有三次，出現於〈人間世〉、〈大宗師〉、〈天地〉。第一例與第三例直音「飢」與「饑」，兩者在聲母上是相同的，皆是「見」。韻母上，「飢」韻母爲「脂」，「饑」韻母則是「微」，兩者有所不同。第二例與第四例則著重在「幾」字聲調，第二例出現於〈人間世〉，強調「幾」字應唸「平聲」。第四例〈德充符〉中的「幾」字則是讀爲「上聲」。

重複出現九次的，僅「好」字：

其好，去聲，下同。【700-3-4，齊物論74，總數181】

好，呼告切。【702-1-9，德充符64，總數511】

「好」字在重複的九次當中，音注僅以兩種方式呈現。第一種方式主要強調聲調作「去聲」，共計有八次。另外，亦有使用反切「呼告切」標明其音，但僅在〈德充符〉中出現一次。

出現十次的字僅有二字，分別是「邪」與「爲」。「邪」字音注主要以兩種方式表現：

邪，以遮切。【700-1-2，逍遙遊5，總數5】

邪，爺。【700-2-15，齊物論36，總數143】

以反切方式「以遮切」形式出現的共有六次。以直音方式「爺」出現的則

有四次。雖兩者音注形式不同，但「以遮切」與「爺」之聲韻母皆相同。

「爲」字音注表現形式較「邪」多樣，共計四種：

　　爲是，謂。【700-3-5，齊物論77，總數184】

　　爲汝，胃。【700-3-16，齊物論122，總數229】

　　丁爲，去聲。【701-1-4，養生主6，總數272】

　　者爲，于僞切。【704-3-8，天運1，總數1154】

第一種與第二種音注以「直音」爲主，各出現一例。直音「謂」與「胃」之聲韻母並無不同。第三例則是強調「爲」字之聲調爲「去聲」，以此形式出現的次數較多，共計七次。第四例則是使用反切，反切上字與第一例、第二例的聲母相同，但反切下字「僞」韻母「支」與使用直音的兩例韻母「微」不同。

重複出現十一次的僅有「與」字，以三種形式呈現：

　　與，預。【700-3-1，齊物論60，總數167】

　　周與，余。【701-1-2，齊物論159，總數266】

　　與乎，豫。【702-2-22，大宗師135，總數650】

「與」字音注皆使用直音方式。第一例出現兩次，標明「與」字直音「預」。第二例則出現八次，直音爲「余」。第三例出現一次，直音「豫」。雖直音之字都不相同，但聲母皆是「以」，韻母同爲「魚」。唯聲調方面，第一例與第三例直音字「預」與「豫」是「去聲」，第二例「余」則是「平聲」。

重複出現十二次爲「中」：

　　中，知仲切。【700-2-3，逍遙遊96，總數96】

　　而中，去聲。【701-3-1，人間世103，總數412】

　　中分，陟仲切。【701-3-12，德充符4，總數451】

　　中，仲。【702-3-6，應帝王5，總數675】

第一例與第三例皆使用反切形式，以第一例形式出現者共計八例，以第三例形式出現者則有兩例。雖第一與第三例反切上字不同，但聲母卻相同，皆是「知」，反切下字則二者皆同。第二例則著重在「中」字之聲調，強調其爲「去聲」。第四例使用「直音」方式呈現，「仲」聲母爲「澄」，韻母爲「東」。因

此第四例與第一第三例聲母不同，僅韻母相同。

重複出現十四次的僅有「樂」：

樂，洛。【700-2-18，齊物論 50，總數 157】

「樂」雖在《南華眞經直音》出現十四次，亦出現在不同的篇章之中，但其標音方式卻一成不變，皆是以「洛」爲其直音。

出現最多的爲「知」與「惡」字，皆出現了三十一次。

小知，智。【700-1-6，逍遙遊 21，總數 21】

雖「知」字出現了三十一次，但這三十一次皆是以直音「智」的方式呈現。同樣出現了三十一次的「惡」字，標音形式上多有變化：

1. 惡乎，烏。【700-1-11，逍遙遊 41，總數 41】

2. 惡死，汙。【700-3-19，齊物論 134，總數 241】

3. 惡死，烏路切。【701-3-15，人間世 69，總數 378】

4. 惡成，烏各切。【701-3-18，人間世 79，總數 388】

5. 惡，烏故切。【702-1-9，德充符 65，總數 512】

第一例與第二例皆使用直音方式呈現。以第一例形式出現共計十九次，爲數最多。以第二例形式出現則有七次。雖二例直音字「烏」與「汙」不同，然而其聲母皆是「影」與韻母皆爲「模」。

第三、第四與第五例則使用反切形式表現。第三與第五例各有一個例子，以第四例形式出現的音注則有三個。以上同使用反切爲「惡」標音之例，反切上字皆是「烏」，反切下字三者皆不同，但第三與第五例反切下字「路」與「故」韻母皆是「模」，與使用直音標音的第一、第二例相同。第四例反切下字「各」，韻母是「鐸」，與其他四例不同。

由第二節「《南華眞經直音》之版本與內容」探討後，可知賈善翔《南華眞經直音》成書於西元 1086 年，目前僅見《道藏》本。其成書目的是因作者研讀《莊子》時，遇生難字或假借字無法了解，因此作《南華眞經直音》，以便能通讀《莊子》。

《南華眞經直音》原有三十三篇，但目前僅存〈逍遙遊〉至〈天運〉共十四篇音注內容。音注內容摘字爲音，並非僅注生難字，亦包含點發、假借

字。音注體例則以直音爲主，反切爲輔，前字大，音注略小。標音總數爲 1233
條，集中在〈齊物論〉、〈大宗師〉、〈人間世〉等較長篇章。1233 條中，有大
量重複之標音，重複組數達 192 組，由此可見賈善翔不避重複，也因此省卻
翻檢之煩。

其中重複五次以上之前字，以「破音字」居多，但其音注大多都僅表一
音，且標音方式多樣。

第三章 標音方式與直音類韻書說明

第三章共包含三節，分別爲：「傳統標音方式」、「直音類韻書之說明」、「《南華眞經直音》之標音」。

第一節「傳統標音方式」內容敘述中國歷史上之標音法。第二節「直音類韻書之說明」則蒐羅以「直音」命名的韻書，並針對其年代加以排序，再略舉幾本之音注體例加以說明。第三節「《南華眞經直音》之標音」，明列《南華眞經直音》之標音方式，並統計標音數量與舉例說明。

第一節　傳統標音方式

在古代並無音標，亦無拼音字母，所以只能使用漢字本身作爲標音方式。若以漢字本身來標音，其方式又可區分爲種，分別爲：假借字、形聲字、譬況法、讀若法、直音法、紐四聲法、反切法。前四種標音方式是《南華眞經直音》所沒有的，但《南華眞經直音》中使用的標音方法，則是因前四種的汰換而標音方式漸成熟而有之，因此文中先概述歷來之標音方式，以下分述之：

一、假借字

有些音並非有音之後馬上即有字，這時就必須透過「假借」此種用字方法。

《說文解字》中云：

> 假借者本無其字，依聲託事，「令、長」是也。〔註1〕

段玉裁注：

> 託者，寄也，謂依傍同聲而寄於此，則凡事物之無字者，皆得有所
> 寄而有字。如漢人謂縣令曰令長；縣萬戶以上為令；減萬戶為長。
> 令之本義，發號也；長之本義，久遠也。縣令、縣長本無字；而由
> 發號久遠之義引申展轉而為之，是謂假借。〔註2〕

所謂假借，就是在記錄語言時，借用已造出的同音文字代替未造出的文字，所
以亦算標音方式之一種。與他者標音方式之最大差別，就是其未有已創造出的
「被標音之字」。

二、形聲字標音

形聲字亦是造字法中的一種，是利用聲符來標音。形聲字之讀音與聲符之
讀音為相似或相同。許慎《說文解字》中云：

> 形聲者，以事為名，取譬相成，「江、河」是也。〔註3〕

段玉裁注：

> 以事為名，為半義也；取譬相成，謂半聲也。江河之字，以水為名，
> 譬其聲如工可，因取工可成其名。〔註4〕

形聲字之創造規則是由事物本身之義即「義類符號」加上聲符而成。如
「江」、「河」之例，「江」與「河」皆為「水」所構成，但兩者之間卻有所區
別，因此各自加上聲符「工」與「可」以示其音。另外，又如「鳳」，本畫為
一隻鳳鳥無上頭「凡」，但因鳳鳥與一般鳥類之形容易相混，因此才加上聲符
「凡」，不僅區別鳳鳥與其他鳥類的不同，也同時為其標音。

〔註1〕〔漢〕許慎著、〔清〕段玉裁注：《新添古音說文解字注》，臺北：洪葉文化事業有
限公司，2005年9月，頁763。

〔註2〕同註1，頁764。

〔註3〕同註1。

〔註4〕同註1。

三、譬況法

除漢字造字之法可作爲標音方式外，尚有「譬況法」。譬況法是說明唸此字時之發音方法。如：

> 《公羊傳·莊公二十八年》何休注：伐人者爲客，讀伐長言之，
>
> 齊人語也；見伐者爲主，讀伐短言之，齊人語也。〔註5〕

雖「伐者爲客」與「伐者爲主」皆有「伐」字，但兩字之音卻有所不同。何休所言第一個「伐」字讀音應長讀，第二字之「伐」應以短促的讀法唸之。又如：

> 《釋名·釋天》：風，豫司兗冀橫口合脣言之，風，氾也。青、徐言
>
> 風，踧口開脣推氣言之，風，放也。〔註6〕

然而譬況法的使用只能對讀音作簡單且含糊的提示。注音者很清楚如何發音，讀者卻很難拿捏「短言」、「長言」之間的界線爲何，說明讀法之提示讓人很難精確掌握，且每人對發音快慢與使用氣的力度皆有所不同，因此無法很準確的得知其所要表達的讀音。

四、讀若法

「讀若法」，方式爲使用一個讀音相近的字來說明要注音之字的讀音。例子如：

> 珣，讀若宣。〔註7〕
>
> 楎，從木軍聲，讀若緯，或如渾天之渾。〔註8〕
>
> 帗，從巾犮聲，讀若撥。〔註9〕

第一例「珣，讀若宣」說明「珣」讀音近似「宣」；第二例「楎」讀音如「緯」字，又或者像「渾」。第三例「帗」字之音近似於「撥」。但「讀若法」僅「擬

〔註5〕何休：《春秋公羊傳何氏解詁·公羊傳·莊公二十八年》，卷九，臺北：臺灣中華，
1965年，頁1。

〔註6〕〔漢〕劉熙：《釋名·釋天》卷一，《四部叢刊初編》電子版冊65，北京，頁1左。

〔註7〕同註1，頁11。

〔註8〕同註1，頁261。

〔註9〕同註1，頁361。

音」之作用，前字與後字之字音相似，但卻不一定等同。

五、直音法

「直音法」標音較「讀若法」更爲嚴謹，必需使用聲、韻、調皆相同之字來作爲標音。所謂的「直音」就如宋・陳振孫《直齋書錄解題》中「春秋直音三卷」所提：

> 以學者或不通音切，故於每字切腳下，直注其音，蓋古文未有反切
> 爲音訓者皆如此。〔註10〕

在反切法使用之前，「直音法」是較「譬況法」、「讀若法」精確。例子如：

> 高祖爲人，隆準而龍顏。顏師古注「引服虔曰：準音拙。」〔註11〕

其中「準，音拙」，即是代表「準」字讀音爲「拙」。「準」與「拙」聲母皆是「章」，韻母皆爲「薛」，聲調亦同爲入聲，兩字發音完全相同。由此也可看出直音形式爲「○音□」。

此外，「直音法」有時對於考察同源字有所幫助。相關例子如「假」與「格」：

> 登假，格。【701-3-14，德充符12，總數459】

> 假，格，下同。《九經直音・周易・萃》【頁104】

第一例引「登假」二字，但後之「格」字是針對「假」字作解。若是將「假」與「格」字間關係單純以「直音」來看的話，雖兩字之聲母相同，但「假」字韻母爲「麻」，「格」韻母爲「鐸」與「陌」，兩字韻母並不相同。但若從其意義來看，《經典釋文》：

> 昭假：古雅反，鄭云：暇也。徐云：毛音格，鄭音暇。

> 案：王肅訓假爲至。〔註12〕

說明「假」字可讀爲「格」，且爲「至」之意。又如：

〔註10〕 陳振孫：《直齋書錄解題》（上），臺北：廣文書局，1979年，頁164。

〔註11〕 〔漢〕班固著、〔唐〕顏師古注、楊家駱主編：《漢書・高帝紀》卷一，臺北：鼎文書局，1986，頁2。

〔註12〕 〔唐〕陸德明：《經典釋文・毛詩音義》卷七，臺北：藝文印書館，頁45右。

歡聲格於九天，乖氣消於萬彙。《東坡全集・賀時宰啓》〔註13〕

其中的「格」字，意義亦同樣爲「至」。

從以上二例可發現「假」與「格」意義亦同，兩字通用，皆是「至」之意。因此，雖其使用「直音」方式標音，但兩者關係並不僅止於「音」，且同時包含「義」。

從以上之例可看出「直音法」相較於「譬況法」、「讀若法」，表音上已相當精確，甚至同時可表音兼釋義。且「直音法」具有簡約且明確的特點，只要認識作爲標音的字，就可以馬上讀出其音。若從標音方法的發展歷史來看，直音法運用相當廣泛，反切法產生之前直音法就被大量使用，在反切法產生之後，直音法仍就未被淘汰。畢竟直音法不用如反切一般，讀者還需透過反切上字聲母與反切下字韻母的結合，才能得知其所標之音。直音法是最爲快速且準確的傳達讀音的標音方式。

然而其侷限是並非所有的字皆有同音字，倘若有同音字也不一定是常用的淺字，且標音者若受方音影響，則會影響其選用直音字，如此在標音上就有所障礙。

六、紐四聲法

「紐四聲」標音法類似直音法，爲直音法之變形，如前所說並非所有字皆有同音字或者同音的淺字，因此「紐四聲」標音法的出現，就彌補了直音法的不足之處。「紐四聲」一詞最早出現於〔唐〕唐玄度的《九經字樣》：

其聲韻謹依《開元文字》，避以反言，但紐四聲，定其音旨。〔註14〕

唐玄度在書中之序談到其標音主要都依唐代的《開元文字音義》，且盡量不使用「反切」，而使用「紐四聲」。雖在此並無解釋「紐四聲」爲何意，但從其例可看出：

麻，馬平。〔註15〕【頁7右】

蛇，社平。〔註16〕【頁7左】

〔註13〕〔宋〕蘇軾：《東坡全集》卷七十一，北京：商務印書館，頁23。

〔註14〕〔唐〕唐玄度：《九經字樣・原序》，《說文解字篆韻譜》北京：商務印書館，2006，頁1。

〔註15〕同註14，頁7右。

灰，悔平。〔註17〕【頁8左】

第一例「麻」與「馬」字聲韻母皆同，僅聲調不同。「麻」爲平聲，但「馬」爲上聲，因此在標音時，作者才強調「馬」字需讀爲平聲，才是「麻」之正確讀音。第二例「蛇」字聲母「船」，韻母「麻」，聲調「平聲」。「社」聲母「禪」，韻母同爲「麻」，聲調「上聲」。兩字間聲母雖不同，但卻相當接近，發音部位相同。在此則說明「蛇」字之讀音，應將上聲的「社」字以平聲唸之即爲「蛇」。第三例「灰」聲母爲「曉」，韻母爲「灰」。「悔」與「灰」聲韻母皆同，差別僅在「悔」爲「上聲」，「灰」爲「平聲」。因此「灰」字之讀音，應爲同聲韻母的「悔」字讀爲「平聲」即是。

由以上三例，可得「紐四聲」標音法之體例爲先找一個聲韻母皆同，或者聲母韻母近似，但聲調卻不同者，再針對其聲調說明應將此字讀爲平或上或去或入，來說明其欲標之音。

七、反切法

反切法彌補了之前「讀若法」、「譬況法」、「直音法」的不足，反切也使得標音更加精確。反切的使用始於東漢，至六朝而興盛。「反切」一詞之產生，是由早期的「○○反」和後期的「○○切」組合而成。有關「反切」，〔清〕江藩《經解入門・說經必先知音韻》的解釋則爲：

> 反切者何？反，翻也，猶言翻譯也。切，急也。反者，一字翻成兩聲；切者，兩字合成一聲，其實一也。緩讀則是反切之兩字，急讀便成所求之一音。〔註18〕

〔清〕陳澧又云：

> 切語之法以二字爲一字之音，上字與所切之字雙聲，下字與所切之字疊韻。上字定其清濁，下字定其平上去入。〔註19〕

〔註16〕 同註14，頁7左。

〔註17〕 同註14，頁8左。

〔註18〕 〔清〕江藩：《經解入門・卷四說經必先知音韻第二十五》，天津：古籍書店，1990，頁114。

〔註19〕 〔清〕陳澧：《切韻考》，《叢書集成三編》，冊二十八，臺北市：新文豐出版公司，1999年，頁2右。

由上述對「反切」標音方式的解釋，可知「反切」即是用兩字合成一聲，急讀就成了一字之音。《廣韻》相關例子如：

    1. 弓，居戎切。【頁 25】

    2. 干，古寒切。【頁 122】

    3. 洪，戶公切。【頁 30】

    4. 通，他紅切。【頁 31】

    5. 烘，呼東切。【頁 32】

第一例取「居」字聲母「見」與「戎」字韻母「東」及聲調「平聲」，構成了「弓」字讀音。第二例取「古」字聲母「見」，「寒」韻母「寒」聲調「平聲」，組成「干」字讀音。

第三例「洪」，使用聲母為「匣」的「戶」作為反切上字，韻母為「東」且聲調為「平聲」的「公」為反切下字，組合便是「洪」字讀音。第四例反切上字「他」聲母為「透」，反切下字「紅」韻母為「東」，聲調是「平聲」，與「通」之聲母、韻母及聲調皆相同。第五例「烘」，反切上字「呼」聲母「曉」，反切下字「東」韻母「東」，聲調「平聲」，將反切組合起來讀之，便是「烘」之音。也因「反切」之使用方式是取反切上字之聲母及反切下字之韻母，所以反切上字必與切成之字雙聲，反切下字必與切成之字疊韻。

從第一與第二例也可發現，雖「弓」與「干」聲母相同，但其反切上字卻不相同。「弓」字使用「居」為其反切上字，「干」則是使用「古」字，但二字聲母皆為「見」。由第三至第五個例子，可看出雖「公」、「紅」、「東」韻母同為「東」，聲調同為「平聲」，但反切下字卻皆不相同。但如果透過系聯，將反切上字系聯，及反切下字系聯，便可了解當時的聲母及韻母系統。

但不管是同聲母或同韻母，代表的字非常的多，每位音注作者皆可依個人喜惡而任選其字，但這些同聲母或同韻母的字數量龐大，因此也造成使用「反切」上的困難。

第二節　直音類韻書之說明

「直音」為一標音方式，是直接用一個字去標示另外一個字之注音方法。

因「直音」方式使用起來極爲簡便、易懂，是許多韻書喜愛使用的標音方式。有些韻書在其書名，更會將其內容之音注方式「直音」列入，即是「直音類韻書」。

謝啓昆《小學考》[註20]中記載之「直音類韻書」有〔南宋〕方淑《春秋直音》、〔南宋〕孫奕《九經直音》[註21]、〔明〕吳元滿《六書溯源直音》、〔明〕章黼《直言篇》[註22]、〔明〕李登《雜字直音》[註23]、〔明〕李舜臣《六經直音》、年代不明之陳氏《五經直音》[註24]，共計七本。

另據筆者所查，尚有：〔元〕李公凱《直音傍訓周易句解》、〔明〕陸噓雲〈諸書直音〉、〔明〕王光魯《歷代地理直音》、〔明〕釋久隱《重刻京本五大部諸經直音》、〔明〕黃道周、鄭大鬱輯《大藏直音》、〔明〕作者不詳《新校經史海篇直音》、〔明〕作者不詳《玉篇直音》、〔清〕孫侃《爾雅直音》、〔清〕王式丹《四書直音》，計九本。

「直音類韻書」作者、年代如下表所示：

表 3-1　直音類韻書列表

書　　名	作　者（輯者）	年　　代
九經直音	孫奕	南宋
春秋直音	方淑	南宋
直音傍訓周易句解	李公凱	元
重訂直音篇	章黼	明
諸書直音	陸噓雲	明

[註20]　〔清〕謝啓昆：《小學考》，臺北：藝文印書館，1974 年 2 月。

[註21]　《小學考》於頁 745 題「許氏奕　九經直音　宋志九卷　未見」。但於頁 749 又作「無名氏九經直音　四庫全書目四卷　存」。但經近人余嘉錫與學者竺家寧考證後，皆認爲《九經直音》作者「許奕」可能是「孫奕」之誤。

[註22]　《小學考》頁 582 題「章氏黼　直言篇　千頃堂書目七卷未見」。但北京圖書館所收題「章黼《重訂直音篇》」。以下作《重訂直音篇》。

[註23]　《小學考》頁 601 作「李氏登雜字直音千頃堂書目一卷存」，然中國故宮博物院圖書館所藏題「明李登撰《書文音義便考私編》五卷附《書文音義便考難字直音》」。以下稱《書文音義便考難字直音》。

[註24]　年代與作者名字不詳，明末清初朱彝尊《經義考》卷二百四十六頁 15 左、明末清初毛奇齡《古今通韻》卷一頁 38 右皆引。

書文音義便考難字直音	李登	明
六書溯源直音	吳元滿	明
六經直音	李舜臣	明
歷代地理直音	王光魯	明
重刻京本五大部諸經直音	釋久隱	明
大藏直音	黃道周、鄭大鬱	明
新校經史海篇直音	不詳	明
玉篇直音	不詳	明
爾雅直音	孫侶	清
四書直音	王式丹	清
五經直音	陳氏	不詳

　　由上表可看出，「直音類韻書」最早在南宋出現，明代大量產生，清代僅兩本。但南宋出現的《春秋直音》與《九經直音》皆晚於產生於北宋之《南華眞經直音》，由此可知本研究底本《南華眞經直音》爲最早以標音方式「直音」命其書名者。

　　標音方式與內容方面，以下將舉孫奕《九經直音》、章黼《重訂直音篇》、陸噓雲〈諸書直音〉、李登《書文音義便考難字直音》、《新校經史海篇直音》、《玉篇直音》、孫侶《爾雅直音》共七本之標音內容爲例。

一、《九經直音》

　　《九經直音》共二卷，產生於南宋代寧宗時期，是本主要以「直音」方式爲九本儒家經典注音的參考書。所注的經典依序是：《孝經》、《論語》、《孟子》、《毛詩》、《尚書》、《周易》、《禮記》、《周禮》、《春秋》。

　　作者方面，《明本排字九經直音》與《四庫提要》皆稱「不著撰人姓氏」，但〔清〕陸心源於《重刊明本排字九經直音敘》中推論《九經直音》作者應爲孫奕。

　　《九經直音》內容不錄經典全文，而是摘取各經典中需加音注的文字，逐步加以標音。音注體例如「直音」：

　　1. 說，悅。《論語·學而篇》【頁11】

　　2. 聞，音閑。《毛詩·國風·魏·十畝之間》【頁54】

3. 假，格，下同。《周易・萃》【頁104】

4. 食，如字，又似。《論語・憲問》【頁19】

第一例《論語・學而篇》中之「說」讀音爲「悅」。第二例「閒」，讀音爲「閑」。以上二例雖同樣使用「直音」爲標音方式，但第一例前字與其直音之間，僅有字體大小不同。前字「說」字形略大，直音「悅」字體較小。但第二例前字與其直音之間，多加了「音」，標音形式爲「○，音□」，與第一例不同。

第三例亦是使用直音爲標音方式，說明「假」字讀音爲「格」，且註明「下同」，代表下文若再遇「假」字，讀音亦爲「格」。第四例「食」，其後「如字」意指讀「食」字本音，後又標明「食」字又可讀爲「似」。另有使用「紐四聲」作爲標音方式者：

綽，昌入。《論語・憲問》【頁19】

檢，兼上。《孟子・梁惠王上》【頁25】

第一例「綽」字應讀爲「昌入」，即代表「綽」之字音爲以入聲讀平聲的「昌」字。第二例「檢」則是以上聲讀平聲的「兼」。又有僅強調聲調者：

少，上。《孟子・梁惠王上》【頁24】

而王，下去。《孟子・公孫丑》【頁28】

第一例強調「少」字在此應讀爲「上聲」。第二例「下去」中的「下」指的是「而王」中的「王」，即是「下字」之意。「去」則代表「王」必需讀爲「去聲」。

書中除了使用「直音」方式來標音外，亦使用「反切」，相關例子如：

折，之舌。《毛詩・東方未明》【頁52】

哇，於佳切，朱音蛙。《孟子・滕文公》【頁33】

樂山樂水，並五孝反。《論語・雍也》【頁14】

《九經直音》中使用「反切」爲標音方式時，形式亦相當多樣。第一例「折，之舌」，代表「之舌」爲「折」字之反切。第二例「哇」，反切爲「於佳切」。此外，再引朱熹之說法，「哇」又可讀爲「蛙」。第三例是針對「樂」字進行標音，「樂」爲「五孝反」。因此，《九經直音》中以「反切」爲標音形式者，有時作「○○切」，有時則爲「○○反」，甚至有時直接省略「反」或「切」。

另外，尚有同時使用「直音」與「反切」爲標音方式者：

瞿，其俱切，又音懼。《尚書・顧命》【頁98】

首先先以「反切法」說明「瞿」字讀音為「其俱切」，接著再以「直音法」說明其音又可讀為「懼」。

《九經直音》中除作者本身所作之音注外，亦有大量音注引自他者，如：

見，如字，朱音現。《論語・陽貨》【頁21】

參，所金反，朱七男。《論語・衛靈公》【頁20】

第一例「見，如字」，說明「見」字應讀本音。而後「朱音現」，「朱」是指朱熹，因此「朱音現」即是引朱熹之說法，言明「見」又可讀為「現」。第二例則解釋「參」之讀音為「所金反」，且再引朱熹之說法，說明「參」音又可作「七男切」。

由以上之例，可得《九經直音》雖名為「直音」，但標音方式卻不僅使用「直音」，同時亦會使用「反切」，或引他人說法，音注方式相當多樣。

二、《重訂直音篇》

《重訂直音篇》作者〔明〕章黼，嘉定人，字道常。成書於〔明〕天順庚辰年（1460）。其書題〔明〕章黼集，吳道長重訂，後學唐時升、宣嘉士、鄭胤驥校閱。前有「直音篇序」及章黼自身所寫的「題韻直音篇」。後則為「七音三十六母反切定局」一表。

章黼於「題韻直音篇」中說明其標音總數與音注方式：

> 今於諸篇韻等，搜集四萬三千餘字成編，所用直音或以正切，使習
> 者而利矣。又元篇有有音無註者三千餘字，今亦收之；俟賢參註，
> 共善而流焉。〔註25〕

從「題韻直音篇」可知其標音總數約四萬三千餘字，標音方式則是使用「直音」或「反切」。「元篇有有音無註者三千餘字，今亦收之」所指的便是《韻學集成》中未收錄的「有音無註」者之字。因此根據作者章黼所云，《重訂直音篇》所收錄之總字數，應為四萬三千餘字加上「有音無註」者三千餘字，當約四萬七千字左右。但經王進安〈《韻學集成》與《直音篇》的比較〉

〔註25〕《重訂直音篇》頁4右。「元篇」所指為章黼另一本著作《韻學集成》。

中統計，《重訂直音篇》所收的字多達四萬九千多字，且「題韻直音篇」所言《韻學集成》中未收錄的「有音無註」者之字，數量當為四五千字，並非如章黼自身所言僅三千餘字。〔註26〕

《重訂直音篇》全書共七卷，編排部分先依部首分類，若干同類部首編成一卷，如：第四卷將「木」、「林」、「竹」、「桑」、「麻」、「麥」、「瓜」等與植物相關之部首編為一卷。書中共分為 475 部，其中一部為雜部。各部首之下，以直音或反切的方式為各部首標音，如：

1. 父扶古切。

2. 夫方拱切。

3. 身音申。

4. 自音字。

標音時，部首字體略大，音注字體略小。總目扣除「雜部」後的 474 部，使用直音方式標示部首字音者共 204 部，使用反切者則有 230 部。

每卷之前皆會附上其內文各字之標音順序，且會於部首下標示異體字，如於「首」字下便再寫上𩠐。正文時，則在該部首註明此部首韻字總數。如：

髟部五十一凡二百十九【卷二，頁 2 左】

以此說明「髟部」是 475 部中的第五十一個部首，髟部共有二百一十九個首韻字。且字體上，「髟部五十一」略大，「凡二百十九」則較小。每韻前先標明其韻，再標聲調，但平聲不標。音釋體例如：

1. 捧方孔切，兩手持。【卷二，頁 8 右】

2. 揭音挈，高舉，又結、傑、契三音。【卷二，頁 15 右】

3. 踵音腫，足跟。【卷二，頁 28 右】

4. 齋莊皆切，齋戒，又音茲。【卷一，頁 4 右】

第一例「捧」字使用反切為其標音，且後又針對「捧」字釋義，說明「捧」為兩首持物。第二例「揭」則以直音方式標音，後又解釋「揭」為「高舉」之意，且「揭」字又可讀為「結」、「傑」、「契」三音。第三例「踵」直音為

〔註26〕 王進安：〈《韻學集成》與《直音篇》比較〉，福建師範大學學報（哲學社會科學版），第 4 期，2005 年，頁 86～89。

「腫」，為「足跟」之意。第四例「齋」為「莊皆切」，意思為「齋戒」，且又可讀為「茲」。

《重訂直音篇》已顯示其音注方式以使用「直音」較多，但其標音方式並非僅限「直音」。如第一例便使用了「反切」，又或者像第四例會同時使用「反切」與「直音」兩種標音方式。此外，若遇多音字亦會將其他音同時標出。從以上四個例子，也可發現其內容除標音，且會同時釋義。

三、〈諸書直音〉

《世事通考》〔註27〕為〔明〕陸噓雲所編，原書有〔明〕萬曆年中譚城余雲坡刊本，全書共二卷。《世事通考》中共分為三部分：〈世事通考〉、〈諸書直音〉與〈急用古字釋義〉。其板面由兩個獨立的部分合成一個版面，一頁當中上面三分之一為〈諸書直音〉或〈急用古字釋義〉，下三分之二則是《世事通考》。

〈世事通考〉之內容分為天文、地理、時令、人物、釋道、農業等類的俗語，有時則會雜入雅語之俗語。〈諸書直音〉內容則為《四書》、《詩經》、《書經》、《周易》、《春秋》、《禮記》、《小學》，共十書的難字注音。〈急用古字釋義〉則列舉出各難字，在於其下註明其為何字之古字。

〈諸書直音〉中，陸噓雲將「四書」視為一個整體。在「四書」音注內容之前，前題「四書難字」，後編者先依各書情況將其劃分為：《大學》、《中庸》，《論語》就被劃分為「上論」與「下論」；《孟子》則分成「上孟」與「下孟」。其他剩下的六本經典各自獨立。各篇章之下則記錄其下難字總數，如：

　　邶凡九十字。《詩經·國風》【頁 64】

　　堯典凡四十字。《書經·虞書》【頁 79】

前先標各篇章之名，後則以小字書寫其篇章之內，共有難字為幾。

〈諸書直音〉音注內容之選字，根據儲玲玲〈《諸書直音》摭言〉中所分析，共可分四類：冷僻字、多音字、通假字與異體字。音注內容相關例子，如：

　　1. 見，音現。《書經·虞書》【頁 79】

　　2. 訊，音信。《禮記·曲禮上》【頁 113】

〔註27〕收錄於《明清俗語辭書集成》第一冊。

3. 放，上聲。《書經‧虞書》【頁 79】

4. 衣，去聲。《禮記‧曲禮上》【頁 113】

5. 控，孔去聲。《詩經‧國風‧鄘》【頁 65】

第一例前字「見」，直音爲「現」。第二例「訊」，音讀爲「信」。其標音方法皆使用「直音」，方式即「○音□」。有時僅強調字之聲調，如第三例「放」可讀上聲與去聲，但在此「放」字強調其讀爲上聲。第四例「衣」可讀爲平聲或去聲，此處「衣」讀爲去聲。第五例「控，孔去聲」，使用「紐四聲」標音法，說明「控」字之讀音應讀爲去聲的「孔」。由以上音注體例，可知《世事通考》中之〈諸書直音〉音注皆是以「直音」呈現。

四、《書文音義便考難字直音》

　　《書文音義便考私編》爲〔明〕李登所撰，刊刻於西元 1587 年。《書文音義便考私編》共分爲五卷，後附《難字直音》一卷。《難字直音》前有一不知撰名的缺名之序及目錄。其序中提及爲何作《書文音義便考私編》之後要附《難字直音》，以及《難字直音》之目錄編排方式：

> 書以韻編，本取考便，但恐未得其音，不知何韻，猶未便於檢尋。
>
> 爲是先音難字於前，以偏旁畫數，自少至多爲序，諧聲易識者不載，
>
> 若字雖易識，而別音不一者，特載之。無偏旁者，俱在末雜部中。
>
> 〔註 28〕

由此序可知：作《難字直音》之動機，是因《書文音義便考私編》是依韻而編，但若讀者不知欲查難字的韻，如此就無法查找。因此於《書文音義便考私編》後，才會附上《難字直音》，以便讀者可從難字之偏旁來檢索其音。

　　《難字直音》之目錄編排以偏旁筆劃由少至多爲序，如其目錄中第一爲「二畫目錄」，下有「人」、「刀」、「又」、「力」等偏旁。接著是「三畫目錄」，下有「广」、「士」、「女」、「土」……等。每個偏旁之下，皆寫其位於筆畫目錄中之順序，如「巾一」、「广二」。《難字直音》標音方式，如：

> 叵，頗。【頁 6 左】

〔註 28〕《書文音義便考難字直音》頁 1。

帙，<small>秩。</small>【頁 8 左】

庶，<small>樹、主、住。</small>【頁 9 右】

以上三例皆採「直音」方式標音，且前字字體略大，直音之字較小。第一例說明「叵」字讀音為「頗」。第二例標明「帙」之讀音為「秩」。第三例則指出「庶」字有「樹」、「主」、「住」三種讀音。另外，尚有使用「紐四聲」標音者：

清，<small>青去。</small>【頁 6 右】

娜，<small>儺上。</small>【頁 11 右】

堧，<small>軟平，上、去。</small>【頁 11 左】

第一例「清」之讀音為平聲之「青」字讀為去聲。第二例平聲「儺」以上聲讀之即是「娜」。第三例「堧」讀音為平聲的「軟」，又可讀為上聲或去聲。音注內容有時僅強調聲調，如：

廠，<small>上、去。</small>【頁 9 右】

妨，<small>平、去。</small>【頁 10 右】

第一例說明「廠」字之聲調可為上聲或去聲。第二例「妨」聲調為平聲或去聲。此外，《難字直音》之內容有時並非標示其音，而是說明其韻：

匼，<small>罕、點二韻。</small>【頁 6 左】

咶，<small>魚、麻二韻。</small>【頁 13 左】

第一例「匼」字同屬「罕」韻及「點」韻。第二例「咶」字屬「魚」韻和「麻」韻。

　　從以上《難字直音》之音注體例，可知其標音方式是以「直音」為主，有些音注特別強調聲調，甚至會有非標音而是說明前字所屬之韻的例子出現，這是因《難字直音》是為了配合《書文音義便考私編》之作而產生。

五、《新校經史海篇直音》

　　《新校經史海篇直音》全書共四卷，成書於明代，作者不詳。於目錄之前有「背篇列部之字引」類今之「難檢字表」，目錄依部首排列。各部首之下各有編號，如「金部第一」、「斤部第二」、「高部第三」。第一卷收錄 50 部，

第二卷收錄 29 部，第三卷收錄 37 部，第四卷收錄 40 部，合計四卷共收錄 156
部。每部一開始，先列部首名稱與編號，下則以小字書其部首韻字總數，如：

犬部第二凡五百五十六字。【卷二，頁 6】

即是說明「犬部」爲此卷第二個部首，共收錄犬部韻字五百五十六字。其音釋
體例，如：

銇，音志，銘也。【卷一，頁 12】

新，音新，初也。【卷一，頁 25】

口，音摳上聲，《說文》云：人所以言、食也。【卷一，頁 86】

迟，古文起字。【卷四，頁 5】

第一例「銇」直音爲「志」，「銘」之意。第二例「新」音爲「辛」，「初」之
意。從以上二例可得《新校經史海篇直音》之音釋體例爲「○音□」，且皆採
「直音」爲其標音方式。

第三例「口，音摳上聲」，使用了「紐四聲」標音方式，說明「口」字之
音必需將平聲「摳」字轉調爲上聲，才是「口」字眞正的讀音。其後又引《說
文解字》之解釋，說明「口」爲人言與食之所用。第四例則無關讀音，僅言
前字「迟」爲古文「起」字。

從以上所舉之例，可得《新校經史海篇直音》音注方式皆以「直音」爲主，
並無使用反切。且除注音之外，亦會加上釋義，又或者會說明其本字爲何。

六、《玉篇直音》

《玉篇直音》收錄於明代樊維城編輯的《鹽邑志林》中。其書題〔南朝
梁〕顧野王撰，〔明〕黃岡樊維城彙編，後學鄭端胤、姚士麟、劉祖鐘訂閱。
雖其書題爲〔南朝梁〕顧野王撰，但經秦淑華考證，現存《玉篇》殘卷與《玉
篇直音》設置部首的原則不同，且收字與體例、音韻特點皆不一致。此外，
秦淑華又舉樊維城等人所纂《海鹽縣圖經》中顧野王所說，自身之撰著並不
包括《玉篇直音》，藉此推論《玉篇直音》應爲明末文人所著，僅是因欲提高
《玉篇直音》之名氣，而假托顧野王之名。〔註29〕

〔註29〕秦淑華：〈《玉篇直音》的語音系統〉，《漢字文化》，2011 年第 4 期，頁 36～38。

　　《玉篇直音》全書共二卷，內容先分「天文類」、「地理類」、「時令類」、「人物類」……等。分門別類後，各類以下再以部首區分，如：「天文類」下又有「天部」、「日部」、「月部」、「風部」、「雲部」……等。「天部」之字如：天、吞、奏、昊。「日部」之字如：日、早、晰、旭、曉。

　　其標音方式爲：先以較大字體寫出其欲標音之字，再以較小字體寫出其直音，如：

　　　1. 旱汗。【頁2】

　　　2. 昱郁。【頁2】

　　　3. 曠廣去。【頁2】

　　　4. 朗郎上。【頁4】

　　　5. 昏婚。【頁2】

　　　6. 昏同上。【頁2】

　　根據秦淑華統計，《玉篇直音》共有 13964 條音注，標音方式皆是使用「直音」。如第一例「旱」字之後直接以小字注其音「汗」。第二例「昱」字之直音「郁」。

　　除直接標其直音外，亦有使用紐四聲方式者，據秦淑華統計共計 434 例，如：第三例的「曠」，先標明「曠」字應唸「廣」，但「廣」聲調爲「上聲」，此處則強調「廣」應讀爲「去聲」才是「曠」字之讀音。又如第四例「朗」，標其音爲「郎」，但「郎」應該將其聲調轉變爲「上」聲，才是「朗」字之讀音。

　　第五例「昏」則是「昏」字之異體，直音爲「婚」。在「昏」字之後，則是正字「昏」，但因前面已出現其異體字「昏」，所以在標「昏」字之讀音時，直接寫「同上」，以示「昏」與上一字「昏」讀音相同。

　　由其音注之例，可看出《玉篇直音》中皆是以「直音」爲標音方式。

七、《爾雅直音》

　　《爾雅直音》爲〔清〕孫侃撰。成書時間於乾隆乙卯年（1795）。此書是爲了使初學者便於讀《爾雅》而作，且爲了避免方音的干擾，因此全書皆使用「直音」的方式。全書分「卷上」與「卷下」二卷。

　　書中錄《爾雅》全文，一頁僅四行，兩行中間以略小字體於生難字旁加以

標音。標音數量根據柯建林〈清孫侃《爾雅直音》音系研究〉〔註30〕，其內文之音注共 2532 條。標音方式，如：

> 輿，余。《爾雅‧釋詁》【頁 1 右】
>
> 熙，僖。《爾雅‧釋詁》【頁 7 左】

以上二例之標音方式，皆是在欲標音之字旁，以小字寫上其直音。第一例，「輿」字讀爲「余」。第二例「熙」讀作「僖」。有時標音，作者會多加上「讀」字：

> 饎，讀志。《爾雅‧釋訓》【頁 318 左】

標音方式同爲直音，但此例在標音同時，就加上「讀」字。另外，若遇多音字，則會兩音皆標：

> 喬，橋、驕。《爾雅‧釋詁》【頁 6 右】

「喬」字旁書「橋」、「驕」二字。「喬」可作「巨嬌切」聲母爲「羣」，又可爲「舉喬切」聲母爲「見」，兩種反切韻母皆爲「宵」。其後標音「橋」聲母爲「羣」，「驕」字聲母則爲「見」，兩字韻母則和「喬」字完全相同。因此，可知若「喬」作「巨嬌切」時，讀音與「橋」同；作「舉喬切」讀時，則與「驕」字音同。所以「喬，橋驕。」即表示「喬」字可讀爲「橋」、「驕」二音。除使用直音方式標音外，有些例子則會使用紐四聲標音法：

> 誘，上聲，音酉。《爾雅‧釋詁》【頁 7 右】
>
> 鳩，九平聲。《爾雅‧釋詁》【頁 8 左】
>
> 強，上聲。《爾雅‧釋詁》【頁 6 左】

第一個例子先強調「誘」字應作上聲，接著再說明其上聲應讀爲「酉」。第二例說明「鳩」字之讀音，應當將上聲的「九」依平聲讀。雖以上二例皆有強調聲調，但第一例音注體例是先說明其字之聲調，再標注其直音，直音也使用上聲字。第二例則是先以上聲「九」爲直音，進而強調聲調必須轉爲平聲，是有遞進的過程。第三例則純粹強調在此「強」字之聲調作上聲。另外，又如：

〔註30〕 柯建林：〈清孫侃《爾雅直音》音系研究〉，首都師範大學，碩士學位論文，2011
　　　　年 5 月。

陽，賜又如字。《爾雅・釋詁》【頁 7 右】

普，即替字。《爾雅・釋詁》【頁 10 左】

第一例「陽，賜又如字」，即表「陽」字讀爲「賜」，又或者依本字之字音讀之。第二例則非表字音，而是解釋「普」字爲「替」字之異體字。

雖《爾雅直音》音注方式多樣，中或有說明異體字之情況，但音注方式皆是以「直音」爲主。

以上所述「直音類韻書」之內容，可歸納爲下表：

表 3-2　直音類韻書標音方式列表

書　　名	作　者	標　音　方　式
九經直音	孫奕	直音、反切
重訂直音篇	章黼	直音、反切、釋義
諸書直音	陸噓雲	直音
書文音義便考難字直音	李登	直音、標明韻母
新校經史海篇直音	不詳	直音、釋義、本字
玉篇直音	不詳	直音
爾雅直音	孫佖	直音、異體字

從標音體例分析，僅〈諸書直音〉與《玉篇直音》全書皆使用「直音」方式標音。其他直音類韻書雖同樣以「直音」方式爲主，但有時會使用反切，又或者釋義、說明異體字。因此可知大多「直音類韻書」雖以「直音」命其書名，但標音方式通常不僅使用「直音」。

第三節　《南華眞經直音》之標音

觀《南華眞經直音》中的標音方式，其實不僅於使用直音，亦包含「反切」、「聲調」及「直音、反切」、「直音、聲調」、「直音、反切、聲調」，與「直音」合計共六種標音方式。相關數量與比例如下圖所示：

表3-3　《南華真經直音》標音方式統計表

標　音　方　式	數　　量	百　分　比	合　　　計
直音	813	65.9%	
反切	313	25.4%	
聲調	96	7.8%	1233
紐四聲	9	0.7%	
反切、直音	1	0.1%	
反切、紐四聲	1	0.1%	

其中又單純以「直音」〔註31〕爲標音方式的數量最多，共計有 813 條〔註32〕，佔總數中的 65.9%，超過了總數的一半，相關例子如：

1. 鵬，朋。【700-1-1，逍遙遊2，總數2】

2. 噓，虛。【700-2-7，齊物論3，總數110】

3. 勝任，上升下壬。【701-2-19，人間世83、84，總數392、393】

4. 果蓏，裸。【701-2-23 人間世100，總數409】

5. 說衛，音稅，下同。【702-1-5，德充符53，總數500】

以上五例皆是以「直音」方式標音。然而其中卻略有不同，如第三例「勝任」兩字連寫，標音時二字皆標。但第四例時，雖是「果蓏」二字，標音卻僅標第二字「蓏」音爲「裸」。第五例同樣是如此，但標的卻是第一字「說」之音爲「稅」，後更說明其後若有同字，則以同音唸之。綜觀以上之例，雖同以「直音」爲標音方式，但其中卻略有不同。

僅以「反切」爲標音方式者，共有 313 條〔註33〕，佔了 25.4%。相關例子如：

〔註31〕 在「第一節傳統標音方式」中「直音法」是指其標音形式是「直音」，但有時則兼具表義或者說明同源字的關係。因此本研究所定義之「直音」即是其形式爲「直音」，被注字與注字兩者並非僅限語音之連結，只要其形式與「直音」相同即納入「以『直音』方式標音」之中。

〔註32〕 〈人間世〉中將「猨」之音注爲「侯」：「狙猨，侯。」經筆者翻閱《道藏》中《南華眞經》、陳景元《南華眞經章句音義》、郭象、成玄英《南華眞經注疏》中皆寫爲「狙猴」，因此推測可能是作者將「狙猴」誤寫爲「狙猨」。

〔註33〕 〈天道〉中的「祟，雖遂方。」，其中的「方」疑爲「切」，在此歸入以反切爲標音方式。

溺，奴歷切。【700-1-16，逍遙遊 67，總數 67】

不稱，尺證切。【700-3-6，齊物論 81，總數 188】

軋，於八切。【701-2-1，人間世 13，總數 322】

以上皆爲使用「反切」標音之例。第一例「溺」字反切爲「奴歷切」。第二個例子是連寫二字，但卻只標第二字「稱」音爲「尺證切」。第三例「軋」反切則是「於八切」。

僅以「聲調」標音者，共有 96 條，佔總數的 7.8%。例子如：

敨，去聲。【700-2-4，逍遙遊 100，總數 100】

好，去聲。【701-1-7，養生主 14，總數 281】

之爲，去聲，下同。【701-2-19，人間世 85，總數 394】

第一例標明「敨」聲調爲「去聲」。第二例強調「好」字在此要念爲「去聲」。第三例依舊是連寫二字，但僅標第二字「爲」之聲調是「去聲」。此外，更強調如果於《南華眞經直音》中再遇「之爲」二字連用的情況，「爲」字聲調皆是「去聲」，因此其後標「下同」二字。

除了此三種標音方式之外，另有同時以「紐四聲」來進行標音者，數量較少，有 9 條〔註34〕，佔總數 0.7%，如：

1. 莽蒼：上，忙去聲；下，蒼去聲。【700-1-5，逍遙遊 18、19，總數 18、19】

2. 縈，輕字上聲。【701-1-8，養生主 18，總數 285】

3. 茹，汝字去聲。【701-2-10，人間世 49，總數 358】

4. 徇，旬去聲。【701-2-11，人間世 56，總數 365】

5. 頸，經，字上聲。〔註35〕【703-2-2，馬蹄 38，總數 800】

6. 頸，經，字上聲。【703-2-17，胠篋 51，總數 866】

〔註34〕 第一例「莽蒼」二字連寫，因其各爲「莽」與「蒼」進行標音，因此算爲兩條標音。

〔註35〕 第五與第六例「頸，經，字上聲」，與第八例標音中「始字去聲」句讀方式不同，筆者認爲第五與第六例應爲《中華道藏》標點之誤，應仿第八例之標音方式作「頸，經字上聲」較妥。

7. 鋸，居去聲。【703-3-15，在宥 44，總數 939】

8. 施，弛，始字去聲。【704-3-8，天運 2，總數 1155】

以上之例，皆先以直音方式去標音，再強調其聲調的轉換，如：第二例中的「縈」音爲「輕」，但是必須唸以上聲。第三例「茹」唸爲「汝」，但聲調轉爲去聲。

兩種標音方式除了同時以「紐四聲」進行標音者外，尚有一例特殊例子：

郤，去逆切，隙。【701-1-7，養生主 16，總數 283】

「郤」字反切爲「去逆切」，唸爲「隙」，前者標音方式爲反切。後者則是直音，且兼具釋義的功能，「郤」即是「交際之處」與「隙」意義相同。因此，此語料同時運用了兩種標音方式。這種例子在《南華眞經直音》中，僅此一例，佔總數的 0.1%。

除上述使用兩種標音方式來加以標音者，《南華眞經直音》中甚至有同時使用「反切」、「紐四聲」二種方式同時進行標音的情況，僅有一例，佔總數的 0.1%：

騞，呼獲切。懷，入聲。【701-1-5，養生主 10，總數 276】

雖其形式上「騞」與「懷」字皆使用較大的字體，「呼獲切」與「入聲」使用小字體，會讓讀者誤以爲是分別針對「騞」與「懷」兩字進行標音。然而對照《莊子》之後，發現本文中僅有「騞」字並無「懷」字，且「懷」字入聲與「騞」字相同，因此推斷「懷，入聲」亦是「騞」字之標音。

由以上《南華眞經直音》各種標音方式之數量與比例，更可呼應作者於「直音序」中所說：「因吐納之暇，輒以老莊深字泊點發假借者，皆以淺字誌之。其有難得淺字可釋者，即以音和切之。」強調書中標音「以直音爲主，反切爲輔」的概念，同時也和書名爲《南華眞經直音》相吻合。

第四章 《南華眞經直音》相關之《莊子》系列語音介紹

　　魏晉六朝以降，因玄理之風起，《莊子》漸受重視，《莊子》之相關研究如雨後春筍般出現。根據嚴靈峰《周秦漢魏諸子知見書目》記載，宋元時期研究莊子之研究者有六十餘家，相關著作達七十餘種。〔註1〕〔南宋〕褚伯秀之《南華眞經義海纂微》〔註2〕一書便集宋代以前注《莊》之大成，其中收錄十三家，爲〔西晉〕郭象，北宋的王雱、劉概、吳儔、王旦、呂惠卿、陳景元、陳詳道、林疑獨，南宋的趙以夫、林希逸、李士表、范應元，且書中多引陸德明《經典釋文》，卻不列於十三家之中。

　　《南華眞經義海纂微》所引十三家中大多爲儒士，其中陳景元爲一道士，與本研究《南華眞經直音》作者賈善翔具有相同身份。而陸德明《經典釋文》中的《莊子音義》蒐羅了六朝間有關《莊子》之注音釋義，文中內容常爲《南華眞經章句音義》與本研究文本《南華眞經直音》所引，因此本文欲將賈善翔所作《南華眞經章句音義》與《南華眞經直音》加以對照比較，藉此了解《南

〔註1〕 嚴靈峰：《周秦漢魏諸子知見書目》，臺北：正中，1975 年，頁 1～70。

〔註2〕 《中華道藏》洞神部玉訣類 14 冊 106 卷，頁 1～540。《南華眞經義海纂微》集結宋代即以前諸家解《莊子》的梗概，其中亦保留鮮爲人知的吳儔、趙以夫、王旦等注。所以四庫提要稱「伯秀編纂之功，亦不可沒矣」。

華眞經直音》之音系與各本之音注特色。

　　本章共分三節：第一節「《經典釋文·莊子音義》」，第二節「《南華眞經章句音義》」，兩節分別概述《莊子音義》與《南華眞經章句音義》之內容，並針對其標音體例與音注內容加以說明。第三節「《南華眞經直音》相關之《莊子》系列語音比較」論述《莊子音義》、《南華眞經章句音義》、《南華眞經直音》三者相互對照比較後之結果。

第一節　《經典釋文·莊子音義》

　　《經典釋文》為〔唐〕陸德明撰。全書共三十卷，卷一《序錄》，卷二為《周易音義》，卷三、卷四《古文尚書音義》，卷五、卷六、卷七《毛詩音義》，卷八、卷九《周禮音義》，卷十《儀禮音義》，卷十一至十四《禮記音義》，卷十五至二十《春秋左氏音義》，卷二十一《春秋公羊音義》，卷二十二《春秋穀梁音義》，卷二十三《孝經音義》，卷二十四《論語音義》，卷二十五《老子音義》，卷二十六至二十八《莊子音義》，卷二十九、三十《爾雅音義》。內容先列儒家經典，後列子書及《爾雅》。其中《莊子音義》之內容為陸德明根據西晉·郭象所整理的《莊子》三十三篇而作的注釋，與本研究文本《南華眞經直音》有著密切的關係。

　　版本方面，因《莊子音義》屬《經典釋文》的一部分，其版本與《經典釋文》相同。根據黃華珍所著《莊子音義研究》，《經典釋文》有宋元遞修本三十卷，現藏於北京圖書館，為目前所見最早的全本。另有〔清〕葉林宗影宋鈔本，後有〔清〕徐乾學據此本雕印的《通志堂經解》本，與盧文弨的抱經堂本。《通志堂經解》本與抱經堂本之問世，也使得《經典釋文》足本廣為流傳。《莊子音義》亦有從《經典釋文》中抽出刊印的情況，版本有藏於日本奈良天理圖書館的宋刻天理本《莊子音義》，尚有《續古逸叢書》所收錄的《南華眞經》十卷本。

　　因《通志堂經解》本流傳廣泛且清儒多依此本校刊，因此本研究便以此本作為與《南華眞經直音》對照之版本。

　　陸德明《經典釋文》中《序錄》記載，其撰寫《經典釋文》時，採錄了漢魏六朝的音切，《四庫提要》曰：

所採漢魏六朝音切凡二百六十餘家，又兼載諸儒之訓詁，證各本之
異同，後來得以考見古義者，注疏以外，惟賴此書之存，眞所謂殘
膏剩馥沾溉無窮者也。〔註3〕

由以上所述可知《經典釋文》收錄廣博、兼採眾本，集當時眾家音注之大成。
《莊子音義》之內容則是以郭象注本爲主，收錄各家之注，據《經典釋文》《序
錄》記載如下：

崔譔注十卷，二十七篇。（清河人，晉議郎。內篇七，外篇二十。）
向秀注二十卷，二十六篇。（一作二十七篇，一作二十八篇，亦無雜
篇。爲音三卷。）司馬彪注二十一卷，五十二篇。（字紹統，河內人，
晉祕書監。內篇七，外篇二十八，雜篇十四，解說三。爲音三卷。）
郭象注三十三卷，三十三篇。（字子玄，河內人，晉太傅主簿。內篇
七，外篇十五，雜篇十一爲音三卷。）李頤集解三十卷，三十篇。（字
景眞，潁川襄城人，晉丞相參軍，自號玄道子。一作三十五篇，爲
音一卷。）孟氏注十八卷，五十二篇。（不詳何人。）王叔之義疏三
卷。（字穆闕，琅邪人，宋處士。亦作注。）李軌音一卷。徐邈音三
卷。〔註4〕

其中所列崔譔等九人爲《莊子音義》中所引之主要施注者，然而除了這
九人之外，尚有王逸、孔安國、東方朔、郭璞、潘尼……等。從其主要施注
者來看，可發現多爲六朝人，六朝以前爲《莊子》注釋的人極少，亦不像是對
《莊子》的專注，此現象所反映的即是在六朝以前，《莊子》並未受到重視。

雖魏晉以後，「玄學」之風起，《莊子》受到注意，大量的《莊子》注本
出現，但內容上卻是以義疏之學爲主，重義理及玄理。然而陸德明的《莊子
音義》卻是針對《莊子》摘字音注並釋義，廣納六朝《莊子》相關音注，兼
採諸家訓詁，是其特出之處。亦因如此，《莊子音義》中保存了六朝後爲數頗
眾的注釋材料，然而隨著時間的遞進，這些材料原書如今大多已亡佚不存。
如今賴於《莊子音義》的收錄與引用才得以保存。因此，更顯《莊子音義》

〔註3〕　《文淵閣四庫全書電子版・五經總義類・經典釋文提要》，香港：迪志文化出版有
　　　　限公司，頁2。
〔註4〕　〔唐〕陸德明：《經典釋文・序錄》，臺北：藝文印書館。

之珍貴。

體例方面，根據陸德明於《序錄》中的「條例」所言：

> 今以墨書經本，朱字辨注，用相分別，使較然可求。舊音皆錄經文
> 全句，徒煩翰墨，今則各標篇章於上，摘字爲音，慮有相亂，方復
> 具錄，唯孝經童蒙始學，老子眾本多乖，是以二書特紀全句。五經
> 人所常習，理有大宗，義行於世，無煩靦縷，至於莊老讀學者稀，
> 故于此書微爲詳悉，又爾雅之作本釋五經，既解者不同，各亦畧存
> 其異。〔註5〕

可知其首先爲以墨字寫經本，以朱字校勘。此外，除《孝經》爲學童開
蒙之書，《老子》有不同的版本而摘錄全句外，一般《經典釋文》基本上是「摘
字爲音」都是摘出要注音、釋義的單字來加以注釋。其中《莊子音義》亦是
如此，但有時爲了便於讀者查檢，即使只給一個字注音，也往往連帶上下字
一併摘錄兩三個字。注音時標音方式包括反切和直音兩種，內容泛採各家之
音。相關例子，如：

> 瓦：危委反，向同，崔如字。一云：瓦當作丸。〔註6〕
>
> 謷然：五羔反，司馬作警。【卷27〈天地〉，頁12右】
>
> 非樂：音嶽，又五孝反。【卷26〈逍遙遊〉，頁1左】

第一例僅摘《莊子》中「瓦」字，其後說明向秀所注之音與「危委反」同，
崔譔則認爲應讀瓦字本音。後云亦有不知名氏之說法，「瓦」字應作「丸」。
第二例則摘取「謷然」二字，但其後所注解之內容是針對「謷」。首先說明「謷」
之讀音爲「五羔反」，其後再引司馬彪之說法「謷」作「警」。第三例與前兩
例僅用反切方式標音不同，而是同時使用直音與反切兩種標音方式，說明「樂」
字之讀音爲「嶽」或者「五孝反」。

根據李正芬〈試論《經典釋文・莊子音義》在《莊子》注釋上的價值〉，《莊
子音義》之內容共可分爲五類：1. 字詞訓詁、2. 注音異讀、3. 版本異文、4. 連
讀句讀、5.《莊學思想》。

〔註5〕同註4。

〔註6〕〔唐〕陸德明：《莊子音義》卷27〈駢拇〉，臺北：藝文印書館，頁1左。以下《莊
子音義》相關引文僅於後標明卷數、篇名及頁碼。

「字詞訓詁」相關例子，如：

　　《莊子・大宗師》：畸人者，畸於人而侔於天。〔註7〕【頁301】

　　《莊子音義》：而侔：音謀。司馬云：等也，亦從也。【卷26〈大宗
　　師〉，頁23左】

針對「侔」字，《莊子音義》引司馬彪之解釋，認爲「侔」字有「等」與「從」
之意，在此即是對「侔」字進行訓詁。倚司馬彪針對「侔」字之解釋後，「畸
人者，畸於人而侔於天」這句話即可解釋爲：「異於人而等同於天」又或者「異
於人而從於天」。

「注音異讀」相關例子，如：

　　《莊子・田子方》：儒者冠圜冠者，知天時；履句屨者，知地形。
　　【頁786】

　　《莊子音義》：履句：音矩。徐其俱反。李云：方也。【卷27〈田子
　　方〉，頁31左】

針對〈田子方〉中「句」字，陸德明首採其音爲「矩」，再言徐音爲「其俱反」。
其首音「矩」與後李頤所云爲「方」義，兩字更具有意義上的相通。因此首
音標「矩」而非「其俱反」，實因陸德明認爲「矩」字除可標「句」字之音，
更可釋其義。

「版本異文」之相關例子，如：

　　《莊子・田子方》：文王觀於臧，見一丈夫釣。【頁789】

　　《莊子音義》：文王觀於臧：李云：臧，地名也。司馬本作文王微服
　　而觀於臧。【卷27〈田子方〉，頁31左】

《莊子音義》之內容雖以郭象注本爲主，但有時亦會存錄他本之內容。如以上
所舉之例，郭象本作「文王觀於臧」，但司馬彪本卻作「文王微服而觀於臧」。

「連讀句讀」相關例子，如：

　　《莊子・徐无鬼》：嘗語君，吾相狗也。下之質執飽而止，是狸德
　　也；中之質若視日，下之質若亡其一。【頁896】

〔註7〕〔清〕郭慶藩輯、王孝魚整理：《莊子集釋》，臺北：萬卷樓，2007年8月，再版，
　　　　頁301。以下《莊子》相關引文皆出自此本，僅於引文後標明頁碼。

《莊子音義》：執飽而止：司馬以執字絕句，云：放下之能執禽也。

【卷 28〈徐无鬼〉，頁 5 左】

陸德明認爲應作「下之質，執飽而止，是狸德也」。但司馬彪認爲應讀「下之質執，飽而止，是狸德也」。兩者斷句不同，解讀也因此而有所異。

包含《莊》學思想之例子，如：

《莊子・天下》：卵有毛，雞三足。【頁 1212】

《莊子音義》：卵有毛：司馬云：胎卵之生，必有毛羽，雞伏鵠卵，卵不爲雞，則生類於鵠也。毛氣成毛，羽氣成羽，雖胎卵未生，而毛羽之性已著矣。故鳶肩蜂目，寄感之分也，龍顏虎喙，威靈之氣也。神以引明，氣以成質，質之所剋如戶牖，明暗之懸以晝夜，性相近，習相遠，則性之明遠，有習於生。【卷 28〈天下〉，頁 31 右】

在此陸德明便引司馬彪對於「卵有毛，雞三足」之看法，說明莊子欲傳達之思想哲理。

從以上所述，可看出《莊子音義》在以郭象爲主的基礎上，廣採六朝《莊子》相關音注，兼採諸家訓詁。內容上更包含注音、釋義、版本、校勘、句讀、思想等層面。因此，《莊子音義》是《莊子》注釋上最早且最重要的一批材料，在注釋歷史上亦占有重要地位。

第二節　《南華眞經章句音義》

《南華眞經章句音義》十四卷，作者爲北宋道士陳景元，成書年代約於元豐甲子（1084）。此書收錄於《正統道藏》第十五冊洞神部玉訣類〔註8〕，《中華道藏》則收錄於第十三冊〔註9〕。

《南華眞經章句音義》書前有「南華眞經章句音義敘」，後題「碧虛子造」。「碧虛子」即是北宋道士陳景元之號。「序」之內容說明《莊子》篇目之安排：

以〈逍遙遊〉、〈齊物論〉、〈養生主〉、〈人間世〉、〈德充符〉、〈大宗

〔註8〕《正統道藏》第十五冊，頁 894～952。

〔註9〕《中華道藏》第十三冊，頁 500～549。

師〉、〈應帝王〉七篇爲內，實漆園命名之篇也。其次止以篇首兩字
或三字爲題，故有外篇十五，雜篇十一，或謂外雜篇爲郭象所刪修。
〔註10〕

陳景元認爲內篇七篇應爲莊子所作，篇名亦莊子所擬。然而外雜篇的篇目，應
是經郭象所刪修，最終才成《莊子》三十三篇。此外，又針對外篇與內篇之篇
目安排提出其看法：

> 又按陶隱居曰：莊子作內、外篇，而不言其雜篇。復覽前輩注解，
> 例多越略，殊難稽考。今輒取二十六篇之內，取兩字標目而一段成
> 篇者，得〈駢拇〉、〈馬蹄〉、〈胠篋〉、〈刻意〉、〈繕性〉、〈說劍〉、〈漁
> 父〉七篇，以配內立名而曰外篇。其次〈讓王〉、〈盜跖〉、〈在宥〉、
> 〈天地〉、〈天道〉、〈天運〉、〈秋水〉、〈至樂〉、〈達生〉、〈山木〉、〈田
> 子方〉、〈知北遊〉、〈庚桑楚〉、〈徐无鬼〉、〈則陽〉、〈外物〉、〈寓言〉、
> 〈列御寇〉、〈天下〉，十有九篇，比乎內、外之目，則奇偶交貫，
> 取其人物之名，則條列自異，考其理則符陰陽之數，究其義則契言
> 默之微，故曰雜篇。【頁500】

依陳景元分法，應取兩字爲標目，且此篇內容主旨一致者，即列爲外篇。如
其列爲外篇的〈駢拇〉、〈馬蹄〉、〈胠篋〉、〈刻意〉、〈繕性〉、〈說劍〉、〈漁父〉
七篇，每篇僅分一章並標章目。其餘十九篇則放入雜篇。

　　此外，除了上述外篇〈駢拇〉、〈馬蹄〉、〈胠篋〉、〈刻意〉、〈繕性〉、〈說
劍〉、〈漁父〉共七篇，僅分一章外，其他內篇與雜篇各分爲數章，並標出章
名，「序」中又云：

> 今於三十三篇之內，分作二百五十五章，隨指命題，號曰章句，逐
> 章之下，音字解義，釋說事類，標爲章義。【頁500】

可知《南華眞經章句音義》分三十三篇，又分爲二百五十五章〔註11〕，且每章

〔註10〕《中華道藏》第十三冊，頁500。以下引自《南華眞經章句音義》者，僅於引文之
　　　　後標註頁碼，不另加註。

〔註11〕據《南華眞經章句餘事》所列之目錄與《南華眞經章句音義》對照後，《南華眞經
　　　　章句音義》缺〈天地〉17章，〈天道〉9章，〈天運〉8章，〈秋水〉7章，〈列禦寇〉
　　　　14章，〈天下〉7章。因此現今所見之《南華眞經章句音義》僅27篇，193章。

皆有章名。如將〈齊物論〉之內容分爲「齊我」、「齊智」、「齊是非」、「齊道」、「齊治」、「齊物」、「齊生死」、「齊同異」、「齊因」、「齊化」。

《南華眞經章句音義》之體例，首先列出篇名與章名，如：先列「內篇逍遙游一」，後列「順化逍遙」、「極變逍遙」、「無己逍遙」等章名。「內篇逍遙游一」其下有文字說明內七篇之排列順序原由，後說「其駢拇而下，別无指義，編次皆重復衍暢七篇之妙云」。因此，列外篇與雜篇，並未再解釋其篇章安排順序。再者《南華眞經章句義》內容摘錄《莊子》中之字注音或釋義。有時僅摘錄一字，有時則取數字，甚至會取完整一句，體例上與《莊子音義》相類，如：

1. 疵：在斯切。病也，司馬云毀也。【頁502】

2. 朝菌：其隕切。司馬云犬芝也。天陰生糞上，見日則死，一名白及，故不知月之終始也。崔云糞上芝，朝生暮死，晦者不及朔，朔者不及晦。支遁云舜英朝生暮落。潘尼云木槿〔註12〕也。間文云炙生之芝也。【頁503】

3. 其子又以文之綸終：音倫，綸，緒也。崔云：琴弦也。【頁505】

第一例「疵」讀音爲「在斯切」。爲「病」之意，司馬彪釋其義爲「毀」。《莊子音義》同樣作「疵，在斯反，病也。司馬云：毀也。一音子爾反」。

第二例摘「朝菌」二字，「其隕切」爲「菌」字讀音。後引司馬彪、崔譔、支遁、潘尼、間文五人之說法，解釋何爲「朝菌」。《莊子音義》中針對「朝菌」作「朝菌，徐其隕反。司馬云大芝也。天陰生糞上，見日則死，一名日及，故不知月之終始也。崔云糞上芝，朝生暮死，晦者不及朔，朔者不及晦。支遁云一名舜英，朝生暮落。潘尼云木槿也。簡文云炙生之芝也。炙，音況物反」（頁2右）《南華眞經章句音義》與《莊子音義》相較後，僅差「其隕切」在《莊子音義》中有標明注者徐邈且「切」字作「反」；「犬」作「大」；「白」作「日」；「支遁云舜英」作「支遁云一名舜英」，多「一名」二字；「間文」作「簡文」；《莊子音義》後多「炙，音況物反」。《南華眞經章句音義》與《莊子音義》兩者之間不論是反切上下字之使用，又或者所引注者之順序與說法皆相同。

〔註12〕《中華道藏》疑「槿」。

第三例則摘《莊子》中一句「其子又以文之綸終」，後說明「綸」讀音爲「倫」。又訓「綸」爲「緒」。又引崔譔之說「琴弦也」。《莊子音義》之內容亦大同小異爲「之綸，音倫。崔云：琴瑟絃也」。

由以上三例觀之，足見《南華眞經章句音義》之體例仿於《莊子音義》，有的甚至直接引之。但除直接引自《莊子音義》外，《南華眞經章句音義》亦參照其他本子進行校刊的工作，在序中提及：

> 復將中太一宮寶文統錄內有《莊子》數本，及笈中手鈔諸家同異，
>
> 校得國子監景德四年印本，不同三百四十九字，乃按所出別疏闕誤
>
> 一卷，以辯疑謬。【頁 500】

其後又在《南華眞經章句餘事‧莊子闕誤》中提及其校刊本子有「景德四年國子監本」、「江南古藏本」、「徐鉉葛湍校天台山方瀛宮藏本」、「徐靈府校成元英解疏中太一宮本」、「張君房校文如海正義中太一宮本」、「張君房校郭象注中太一宮本」、「張君房校散人劉得一注」、「江南李氏書庫本」、「張潛夫補注本」，合計九個本子。因此，《南華眞經章句音義》中有些內容也大別於《莊子音義》，如：

1. 坳堂：於交切。成元英云堂庭坳陷之地。【頁 501】

2. 枋而止：音方，李云檀木也，文如海及江南古藏本作搶榆枋而止。
   【頁 501】

3. 將隱芘其所藾：見張君房本，舊作隱將芘其所藾。【頁 509】

第一例首先說明「坳」字讀音爲「於交切」與《莊子音義》同。而後不引《莊子音義》中所舉李頤、司馬彪、支遁三者之說法，而引成玄英之解釋爲「堂庭坳陷之地」。

第二例在《莊子音義》中，僅對「榆」、「枋」注音與解釋，後未有「而止」二字。但《南華眞經章句音義》卻摘「枋而止」三字，注「枋」之音爲「方」。後與《莊子音義》同引李頤說法解釋「枋」爲「檀木」。其後又說明「枋而止」是引自文如海及江南古藏本，才作「搶榆枋而止」。

第三例「將隱芘其所藾」，下說明其參考自張君房本，舊作「隱將芘其所藾」。兩者之間差異是於「將」與「隱」字順序不同。又如：

1. 刻核：幸格切。漢書宣帝傳云，綜核名實于吉《太平經》有核事

篇，古人以核作劾通用。【頁508】

2. 連璧：桓譚《新論》曰，通曆數家算法，推考其紀，從上古天元
已來，訖十一月甲子夜半朔冬至，日月若連璧。【頁547】

第一例摘「刻核」二字，後說明「核」讀爲「幸格切」。《莊子音義》中
僅針對「核」字作「幸格反」。後之說明《莊子音義》皆無。其中所提于吉《太
平經》爲道教重要經書。第二例則針對「連璧」二字作解，內容引自〔東漢〕
桓譚《新論》。

由以上所舉之例，可知《南華眞經章句音義》並非全抄自《莊子音義》。
內容上參考了另外的九家之注，又或引它書作爲說明例證。書中所提九家之
注是校勘《莊子》的重要材料，但現已不存。其中所引之書有些現今已亡佚。
如今這九家之注與已佚書籍之內容，倚靠《南華眞經章句音義》留存。

《南華眞經章句音義》之音注內容，相關例子如：

春：束容切。【頁501】

糧：音良。【頁501】

以上兩個例子皆是單純的標音，第一例使用反切爲其音注方式，說明「春」
字音讀爲「束容切」。第二例「糧」讀音爲「良」，使用直音法。在《南華眞
經章句音義》中，兩種注音方法兼用之，但以反切較多。另外，尚有標注異
音的情況：

響然：許文、許亮二切。【頁507】

此例摘「響然」二字，但僅解釋「響」可讀爲「許文切」或「許亮切」。除了
標音之外，有時亦會加上釋義：

謫之：陟革切，罰也。【頁508】

先說明「謫」讀音爲「陟革切」，後釋其義爲「罰」。此外，另有同時用一字
標音兼釋義者：

褚：音貯。囊也。【頁527】

此例取「褚小者不可以懷大」中之「褚」，標其讀音爲「貯」，意義爲「囊」。
文中「褚」字爲「口袋」之意，直音「貯」又可作「積藏」解。因此「貯」
字不僅可作「褚」字之讀音，且帶有同樣意義。

《南華眞經章句音義》內容除標音與釋義外，尚有標明版本異文：

　　雖我无成亦可謂成矣：見江南古藏本。舊作雖我亦成也。【頁505】

《南華眞經章句音義》作「雖我无成亦可謂成矣」，是參考自江南古藏本。未以江南古藏本校勘之前，是作「雖我亦成也」。此外，亦會標明斷句：

　　與人居：句絕。【頁526】

　　長子：丁丈切，句絕。【頁526】

第一例「與人居」後接「句絕」，即代表在此斷句。第二例「長子」，後標「長」字讀音「丁丈切」，再接「句絕」二字，亦是斷句之意。另外，有些內文亦含有《莊學思想》：

　　疑始：莫知其末始有始也。自副墨至淵冥七重，方可高參寥廓；至

　　疑始九重，方入太无難測之鄉，大道無始之境矣。【頁512】

摘「疑始」二字，後則解釋莊子對於「道」之觀念。

　　《南華眞經章句音義》內容豐富多樣，包含標音、釋義、註明版本異文、標明斷句，甚至說明《莊學》思想，是校勘《莊子》的重要作品。且其內容保存了現今已亡佚的九家注，又引多本佚書，這些內容亦是《莊子音義》中所未錄。因此，若將同為道士所作的《南華眞經章句音義》與上文所論之《莊子音義》和本研究文本賈善翔的《南華眞經直音》加以比較，必能彰顯各本之特色。

第三節　《南華眞經直音》相關之《莊子》系列語音比較

　　本研究以《南華眞經直音》為主，欲看出《南華眞經直音》音系是否有別於同時代之語音。因此，首先篩選《南華眞經直音》與《廣韻》不同之音注。再者，因《南華眞經直音》許多內容引自《莊子音義》，而同為道士的陳景元所作《南華眞經章句音義》亦是如此。因此在篩選與《廣韻》不同之音注後，將這些音注與《莊子音義》、《南華眞經章句音義》對照比較後，可大致區分為四類：《莊子音義》語音系統、釋義、分化字、版本異文、異體字、刻工之誤、其他。

　　第一類「《莊子音義》語音系統」即是《南華眞經直音》中音注前字與後

字關係由「語音」所連結，且是引自《莊子音義》，非賈善翔本身所造者。第二類至第三類之內容，或引自《莊子音義》或賈善翔本身所作，但前後字的關係並非倚靠「語音」，而是透過「釋義」、「分化字」、「版本異文」所連結。

第三類是、「異體字」，是《南華眞經直音》標音當中有使用到異體字的情況。第四類爲「刻工之誤」，第五類「其他」則是無法歸入前四類的特殊之例。

一、《莊子音義》語音系統

《南華眞經直音》中有多數音注參考自《莊子音義》，和《廣韻》中之標音有所不同。因此《南華眞經直音》與同樣參考《莊子音義》的《南華眞經章句音義》自成一套與《莊子音義》相同的語音系統。相關例子如：

1. 淖，綽。【700-1-14，逍遙遊 55，總數 55】

2. 茨，策。【701-3-9，人間世 133，總數 442】

3. 怒哮，胡刀切。【700-2-9，齊物論 12，總數 119】

4. 佳，諸鬼切。【700-2-10，齊物論 15，總數 122】

5. 耆，市。【700-3-13，齊物論 108，總數 215】

第一例「淖」爲「奴教切」，聲母「娘」，韻母「肴」，去聲。其直音「綽」爲「昌約切」，聲母爲「昌」，韻母爲「藥」，入聲。本字「淖」與其直音「綽」，不管在聲母、韻母抑或是聲調上，都有所差別。但《莊子音義》與《南華眞經章句音義》「淖」皆作「昌略切」，和《南華眞經直音》中的「綽」，聲、韻、調皆相同，因此可看出《南華眞經直音》與《莊子音義》、《南華眞經章句音義》實屬同一語音系統。

第二例《廣韻》中「茨」爲「古協切」，聲母「見」，韻母「帖」。此處「茨」直音「策」之聲母「初」，韻母「麥」。觀「茨」與「策」二字於聲母、韻母皆不相同。但《莊子音義》與《南華眞經章句音義》針對「茨」皆作「初革切」。「初革切」與「策」字聲韻母皆相同，由此便可看出《南華眞經直音》中的標音主要參考自《莊子音義》。

第三例「哮」字於《廣韻》中，反切爲「許嬌切」，聲母爲「曉」母，韻母爲「宵」。然而《南華眞經直音》、《南華眞經章句音義》與《莊子音義》皆

作「胡刀切」，聲母爲「匣」，韻母爲「豪」韻。「佳」《廣韻》爲「古佳切」，聲母「見」，韻母「佳」。但《南華眞經直音》「諸鬼切」聲母爲「章」，韻母則是「微」，與《廣韻》有著相當大的不同。但是《莊子音義》與《南華眞經章句音義》中，「佳」字同樣與《南華眞經直音》相同，爲「諸鬼切」。

第四例「耆」聲母爲「群」，韻母則是「脂」。直音「市」，聲母「禪」，韻母爲「之」。因此如依《廣韻》中對二者之標音，不管聲母或韻母皆不同。然而與《莊子音義》、《南華眞經章句音義》對照後，《莊子音義》「耆」作「市志反」，《南華眞經章句音義》亦爲「市志切」。雖《南華眞經直音》以直音方式標明「耆」直音爲「市」，《莊子音義》、《南華眞經章句音義》則以反切的方式說明其反切爲「市志切」。但「市」與「市志切」於聲母或韻母皆相同，因此同屬一語音系統。

二、非標音

「非以語音關係連繫」的部分包含「釋義」、「分化字」、「版本異文」、「異體字」四個部分，以下將分點論述之。

（一）釋　義

《南華眞經直音》之「直音序」中提到：《莊子》內文若遇深字、點發、假借字，便會以淺字加以標注。由此可知雖其書名爲「直音」，然而並非完全所有的內容皆是以標音爲主，有時則兼具釋義或說明其本字之功能。經筆者將《南華眞經直音》與《莊子音義》、《南華眞經章句音義》相互參照後，除有引自《莊子音義》者，有些例子則兼具「釋義」之關係。相關例子如：

　　　恒，長。【702-2-1，大宗師46，總數561】

若將「恒」與「長」兩者作直音的關係來看，可發現兩者在聲母、韻母及等第上皆不同。若回歸《莊子》原文：

　　　若夫藏天下於天下而不得所遯，是恆物之大情也。〔註13〕

從以上引文可知「恆」爲「平常」且「長久不變」之意。《南華眞經章句音義》中，「恒」爲「恆」之異體字。因此便可判斷《南華眞經直音》中「恒，長」，

〔註13〕〔清〕郭慶藩輯、王孝魚整理：《莊子集釋》，臺北：萬卷樓，2007年8月，再版，頁269。以下《莊子》相關引文皆出自此本，僅於引文後標明篇名與頁碼。

前字與後字之關係並非倚靠音韻作連結，而是兩字本身之意義相同。

（二）分化字

除使用兩種字形完全不同之字來表示同樣意義的例子外，《南華眞經直音》亦使用「分化字」來作爲注字。所謂「分化字」，周碧香於《實用訓詁學》中云：

一個字形要承載不同意義時，可以藉由不同讀音與之區別，即殊聲別義；此外，還可以運用字形分化的方式來表達意義。〔註14〕

即一個字形所承載的意義已過多，此時就必須新造一字以表新義或保留本義。周碧香於其中就引《說文解字》中「知」與「智」字爲例：

知：詞也。從口矢也。

段注：白部曰。𢡀識詞也。從白、從亏、從知。按此詞也之上亦當有識字。知𢡀義同。故𢡀作知。〔註15〕

智：識詞也。從白亏知。

段注：此與矢部知音義皆同。故二字多通用。〔註16〕

由上文可知「智」即是「知」之分化字。《南華眞經直音》中亦有使用「智」爲「知」之標注的例子：

大知，智。【700-2-15，齊物36，總數144】

如果將中「知」與「智」，由音韻上來看，兩者聲韻母皆同，但「知」爲平聲，「智」卻是去聲。若回歸「知」於字在《莊子》中之原文：

大知閑閑，小知閒閒。【〈齊物論〉，頁58】

〔唐〕成玄英《莊子疏》針對此段解釋爲：

夫智惠寬大之人，率性虛淡，無是無非；小知狹劣之人，性靈褊促，有取有捨。【〈齊物論〉，頁58】

〔註14〕 周碧香：《實用訓詁學》，臺北：洪葉文化事業有限公司，2006年10月，初版，頁50。

〔註15〕 〔漢〕許愼撰、〔清〕段玉裁注《新添古音說文解字注》，臺北：洪葉文化事業有限公司，1999年，增修版，頁230。

〔註16〕 同註14，頁138。

透過其原文與成玄英之疏，所謂「大知」所指的是「智惠寬大之人」，在此的「知」應作「智慧」解釋，因此《南華眞經直音》中所作「知，智」，即是表「知」與「智」兩字意義相通。又如：

　　知出，智。【701-1-17，人間世 12　總數 321】

「知出」出自《莊子》原文：

　　德蕩乎名，知出乎爭。【〈人間世〉，頁 58】

成玄英針對此句解釋爲：

　　夫德之所以流蕩喪眞，爲矜名故也；智之所以橫出逾分者，爭善故

　　也。【〈人間世〉，頁 58】

同樣將「知」作「智」解釋。因此《南華眞經直音》亦有使用「分化字」來作爲標注者。

（三）版本異文

　　《南華眞經直音》中之音注有大部分引自《莊子音義》，《莊子音義》中又收有當時代其他版本之異文。因此，在《南華眞經直音》中亦有表「版本異文」之語料出現：

　　錘，捶。【702-3-1，大宗師 142，總數 657】

《南華眞經章句音義》作：

　　錘：之睡、之藥二切。李云錘鷗頭頗口句鐵以吹火也。成云鑪，竈

　　也，錘，鍛也，謂治鍛之義也。〔註17〕

《經典釋文》：

　　捶：本又作錘。徐之睡反，又之藥反，一音時藥反。〔註18〕

《莊子》原文爲：

　　意而子曰：「夫无莊之失其美，據梁之失其力，黃帝之亡其知，皆在

　　鑪捶之間耳。」【頁 309】

由以上引文可知於《南華眞經直音》與《南華眞經章句音義》中，皆使用「錘」

〔註17〕　《中華道藏》第十三冊，頁頁 513。

〔註18〕　〔唐〕陸德明：《莊子音義》卷 26〈大宗師〉，臺北：藝文印書館，頁 24 右。

而非「搥」。《莊子》原文與《莊子音義》則作「搥」。但透過《經典釋文》中之解釋，可了解「錘」與「搥」並無差別，兩字意義相同。且《莊子音義》中所云「本又作」，即表示「搥」在他本又作「錘」。又如：

　　　圾，岌。【704-1-12，天地 22，總數 1008】

在《莊子音義》中則作：

　　　圾，本又作岌，五急反又五合反，郭李云：危也。〔註19〕

「圾」與「岌」聲韻母皆不同，意義亦不同。然根據《莊子音義》中所言，「圾」本又作「岌」，表他本使用「岌」字取代「圾」。因此，《南華眞經直音》中的「圾，岌」亦是表版本異文。

三、異體字

　　與《異體字字典》相互參照後，可發現《南華眞經直音》中亦有許多異體字。有兩個例子被注字是注字的異體字，如：

　　1. 自覈，腰。【701-3-14，德充符 9，總數 456】

　　2. 寓，宇。【704-1-16，天地 41，總數 1027】

第一例「覈」是「腰」的異體字，第二例「寓」則是古「宇」字。因此被注字與注字之間的連結並非是語音，而是表明異前者是後者異體字的關係。大多異體字出現的情況，還是以語音上的連繫爲主：

　　1. 皞，號。【701-2-9，人間世 48，總數 357】

　　2. 蹮，先。【702-2-11，大宗師 89，總數 604】

　　3. 疧，換。【702-2-18，大宗師 118，總數 633】

　　4. 鼇，齎。【702-3-1，大宗師 145，總數 660】

　　5. 肶，恥。【703-2-10，胠篋 18，總數 833】

　　6. 裕，谷。【703-3-17，在宥 52，總數 947】

　　7. 罜，知邑切。【703-1-13，馬蹄 11，總數 773】

　　8. 苶，刀結切。【700-2-20，齊物論 57，總數 164】

〔註19〕同註18，卷 27〈天地〉，頁 10 左。

第一例「皥」爲「嘷」之俗體字。第二例「蹝」爲「躧」之俗體字。第三例「疕」爲「肍」之俗體字。第四例「鼇」爲「黿」之俗體字。第五例「胐」爲「胉」之俗體字。第六例「栚」爲「极」之俗體字。第七例「畾，知邑切」，「畾」亦是「縶」之異體字。第八例「茦，刀結切」，「茦」爲「茶」字之異體字。

四、刻工之誤

《南華眞經直音》中，因刻工之誤而致前字（註）與其直音不合者，合計有 19 例。前字因字形相近而誤刻者：

　　泬，血。【700-1-4，逍遙遊 14，總數 14】

　　舁，藝。【702-3-9，應帝王 19，總數 689】

　　授巳，紀。【702-1-3，德充符 45，總數 492】

　　春，詩容切。【700-1-5，逍遙遊 20，總數 20】

第一例「泬」於《莊子》、《莊子音義》與《南華眞經章句音義》中皆未出現，但與《莊子》本文對照後，推測此字可能爲「決」。除字形相似之外，「決」聲韻母與直音「血」相同，因此推斷「泬」爲「決」字之誤。

第二例「舁，藝」，「舁」與「藝」於聲母、韻母、聲調皆不同。且《莊子》、《莊子音義》與《南華眞經章句音義》皆作「帠」。因此判斷「舁」爲「藝」之誤刻。

第三例「巳」與「紀」字聲母不同，「巳」聲母爲「以」，但「紀」聲母爲「見」。此外，《莊子》、《莊子音義》與《南華眞經章句音義》皆作「己」，「己」字之聲韻調與「紀」字無異，因此推斷「巳」應爲「己」之誤。

第四例《中華道藏》作「春，詩容切」。但「春」與之音與「詩容切」聲韻母皆不相符。且《正統道藏》刻爲「春」，雖與「春」字頗相似，但隱約還是可看出其字當爲「舂」。因此推斷《中華道藏》誤將「舂」字判斷爲「春」。倘若作「舂」，與其後「詩容切」之音亦較吻合。

另外，有「扌」部錯刻爲「木」部，如：

　　三櫻，縈。【702-2-8，大宗師 75，總數 590】

　　梧，剖。【703-2-11，胠篋 25，總數 840】

第一例「櫻，縈」，《莊子》、《莊子音義》與《南華眞經章句音義》皆作「攖」。第二例「棓」與「剖」聲韻母皆不相同，且《莊子》、《經典釋文》與《南華眞經章句音義》同作「掊」。因此判斷「棓」應爲「掊」字。

尚有「忄」部錯刻成「火」部：

炤，超。【704-2-5，天地79，總數1065】

「炤」字刻工之誤於〈天地〉篇中出現兩次。「炤」與「超」聲母與聲調皆不同，參照《經典釋文》後，判斷「炤」應爲「怊」，偏旁「火」應改爲「忄」。此外，亦有將「手」部刻爲「糸」部者：

絜，苦結切。【702-2-3，大宗師53，總數568】

絜，ロ節切。【704-1-20，天地60，總數1046】

在〈大宗師〉與〈天地〉篇中的「挈」於《南華眞經直音》中皆刻爲「絜」。然而《莊子》、《莊子音義》與《南華眞經章句音義》皆作「挈」。且「絜」字爲「胡結切」，聲母爲「匣」；若是「挈」則與後面標音「苦結切」相同。因此「絜」字實爲「挈」之誤刻。

另外，雖以上二例皆是爲「挈」字標音，但反切卻不相同。反切上字第一例使用了「苦」，第二例則使用「ロ」。但實際上並無「ロ」字存在。《正統道藏》中「ロ」作「𤴓」，乍看下與「日」字非常相似，但其中間一橫卻又是輕帶而過，因此推斷其非「日」字而是「口」字之誤。若是「ロ」以「口」字解，則「口節切」聲母「溪」，韻母「屑」與「挈」完全相符。兩者反切下字方面，雖使用不同字，但「結」與「節」韻母皆爲「屑」。

參照《廣韻》、《經典釋文》、《南華眞經章句音義》後，《南華眞經直音》音注因字形相似錯刻者則有4例：

1. 粃，七。【700-1-17，逍遙遊69，總數69】

2. 狸，刀之切。【700-2-4，逍遙遊98，總數98】

3. 茶，刀結切。【700-2-20，齊物論57，總數164】

4. 夭，方表切。【700-3-5，齊物論79，總數186】

5. 從，比容切。【703-3-10，在宥23，總數918】

6. 崇，雖遂方。【704-2-17，天道13，總數1115】

　　第一例直音「七」聲母「清」韻母「質」，但前字「秕」聲母「幫」，韻母「脂」，兩者聲韻母相差甚大，且聲調也不相同。經與《經典釋文》對照後，推測「七」應爲「匕」字之誤刻。若爲「匕」字，則與「秕」聲母同爲「幫」，韻母亦是相同的「脂」。

　　第二例「狸」之聲母爲「來」，但反切「刀之切」聲母則是「端」，兩者聲母相差甚大。且《經典釋文》、《南華眞經章句音義》皆作「力之切」，「刀」與「力」字形相似，若是更改爲「力之切」聲母也與前字「狸」之聲母「來」相同。因此判斷「刀之切」爲「力之切」之誤。

　　第三例「茶」與其後「刀結切」韻母同爲「屑」。但聲母方面「茶」爲「泥」，「刀結切」聲母則是「端」，兩者有所不同。《經典釋文》、《南華眞經章句音義》「茶」字皆作「乃結切」。「乃」與「刀」字形相近，若改反切上字「刀」爲「乃」，與「茶」之聲母「泥」亦吻合，因此「刀結切」亦是刻工錯誤。〔註20〕

　　第四例「方表切」應爲「于表切」錯刻。「方」聲母爲「奉」或「非」，但本字「夭」聲母爲「影」，差別頗大。反切上字若是「于」，其聲母爲「云」亦較接近「夭」之聲母「影」。此外，于之異體字「亐」與「方」字形上極爲相似。因此從其聲母與字形上推測「方表切」應爲「于表切」錯刻。

　　第五例前字「從」與其反切「比容切」韻母相同，但「從」之聲母爲「清」，「比容切」聲母則是「幫」或「並」，兩者有所差別。在《中華道藏》校對時，已將「比容切」更改爲「此容切」。改爲「此容切」後，聲母韻母皆與前字「從」相同。因此「比」字應更改爲「此」字。

　　第六例「崇」字反切「雖遂方」，「方」字並無意義。《經典釋文》中作「雖遂反」，且《中華道藏》校對時亦認爲「方」疑爲「切」。因此，「方」字應爲作者賈善翔參閱《經典釋文》時誤將「切」錯寫爲「方」。

　　另外，《南華眞經直音》中尚有反切上下字顚倒之例：

　　　沛，貝不。【704-1-8，天地8，總數994】

　　　孺，喻如切。【705-1-7，天運79，總數1232】

　　第一例「沛，貝不」，觀其體例非直音亦非反切，《莊子音義》則作「沛，

〔註20〕　《四庫全書提要》「刀結切」作「力結切」，應爲「乃結切」。

普貝反」。若作「不貝切」則與《莊子音義》中的「普貝反」，聲母僅是唇音「非」與「滂」之差別，韻母也完全相同，因此推測「沛，貝不」，應爲「沛，不貝切」之誤。

第二例「嬬，喻如切」，與《廣韻》聲韻母不同，且《莊子音義》作「嬬，如喻切」，若作「如喻切」則與《廣韻》聲韻母相同，因此推測「嬬，喻如切」應爲「嬬，如喻切」之誤。

五、其　他

除上述四個分類之音注外，尚有幾例特殊的例子。如：

閾，困。【703-2-4，馬蹄44，總數806】

「閾」字直音「困」，在《莊子》內文與《莊子音義》中皆寫爲「闉」音「因」。《南華眞經直音》雖前字「閾」與《莊子音義》「闉」不同，然而其直音也跟著有所變化，未如《莊子音義》中音作「因」，而是用「困」爲其直音。

此外，亦有使用異體字來進行直音標注者：

樗，勑魚切。【700-2-3，逍遙遊95，總數95】

䪥，勑邁切。【705-1-4，天運70，總數1223】

以上兩個例子反切上字皆是「勑」。第一例「樗」聲母爲「徹」，若使用聲母爲「來」的「勑」爲其直音，是不符合的。在《經典釋文》當中，「樗」字同樣作「勑魚切」，然而《南華眞經章句音義》則作「敕魚切」，倘若作「敕魚切」則與前字「樗」聲母「徹」相同。

在翻檢《異體字字典》後，可得「勑」原是「敕」之異體字，雖「勑」字於《廣韻》中聲母爲「來」，「敕」聲母爲「徹」。但「勑」爲「敕」之異體字，所以在此「勑」應作「敕」，聲母爲「徹」。

第二例同樣使用「勑」字爲反切上字，但此時「勑」字卻不是作爲「敕」之異體字。前字「䪥」聲母爲「來」，倘若在此仍將「勑」字當「敕」之異體字，聲母將會變爲「徹」，如此便與前字「䪥」之聲母「來」不符。因此，反切上字「勑」非「敕」之異體，聲母應爲「來」。

由上例可知，「勑」字於《南華眞經直音》中之使用，有時是「勑」字本身，聲母爲「來」；有時則是作爲「敕」之異體字，聲母則是「徹」。

　　以下三例，「趨」、「趣」、「促」在《南華眞經直音》中之關係，並非僅具直音之功能，三字更有意義上通用的特色：

　　　趨，趣。【702-3-4，大宗師 155，總數 670】

　　　趣，趨。【703-2-18，胠篋 54，總數 869】

　　　趣，促。【701-3-2，人間世 109，總數 418】

第一例出自於〈大宗師〉：

　　　至子桑之門，則若歌若哭，鼓琴曰：「父邪！母邪！天乎！人乎！」

　　　有不任其聲而趨舉其詩焉。【頁 314】

《南華眞經直音》中作「趨，趣」。「趨」與「趣」字之間，音韻上僅是聲調上的不同，「趨」字爲平聲，「趣」則是去聲。然而兩字意義上卻有通用之處，在引文中的「趨」字爲「急促」之意，「趣」字也有當「立刻」、「趕快」之涵義。如：

　　　若不趣降漢，漢今虜若，若非漢敵也。〔註21〕

其中的「趣」當「立刻」、「趕快」解。因此從〈大宗師〉中的「趨」與〈項羽本紀〉中的「趣」，兩者皆可當「急促」、「立刻」之意作解，所以兩字不僅是音韻上的連結，更具意義上的通用。

　　第二例「趣，趨」，出自於〈胠篋〉：

　　　今遂至使民延頸舉踵曰，「某所有賢者」，贏糧而趣之，則內棄其

　　　親而外去其主之事，足跡接乎諸侯之境，車軌結乎千里之外。【頁

　　　394】

在此「趣」字作「快步走」解釋。「趨」字亦有「快步走」、「趕著向前走」的意思，如：

　　　其子趨而往視之。〔註22〕

引文中的「趨」字當「快步走」解。和〈胠篋〉篇中的「趣」字涵義相通。又如：

〔註21〕司馬遷《史記・項羽本紀》，北京：中華書局，2007 年，頁 326。

〔註22〕〔漢〕趙岐注、〔宋〕孫奭疏、廖名春，劉佑平整理：《孟子注疏》，北京：北京大學出版社，2000 年 12 月，頁 92。

　　　日入群動息，歸鳥趨林鳴。〔註23〕

其中的「趨」字亦是當「趕著向前走」解釋，與上例及〈胠篋〉篇中的「趣」
意義皆相同。

　　第三例「趣，促」，出自於〈人間世〉：

　　　匠石覺而診其夢。弟子曰：「趣取無用，則爲社何邪？」【頁192】

其中「趣」字當「追求」解釋。在《南華眞經直音》中作「趣，促」，是因
「趣」字可唸爲「tsʰuɟ」，此時音與義便與「促」字相通，具「立刻」、「趕
快」之意。

　　綜合以上所論，可得「趨」、「趣」、「促」三者皆可通用。「趨」與「趣」字
皆可通「促」，因此經由「促」字的連結，「趨」與「趣」亦可相通。

　　另外，尚有前字與後字關係不僅爲同義且又同時標音之例，如：

　　　狙猿，侯。【701-3-5，人間世117，總數426】

《南華眞經直音》標「猿」音爲「侯」，然而《莊子音義》、《南華眞經章句音
義》本字皆作「猴」，直音「侯」。「猿」爲靈長目猿科動物的泛稱，與猴同類，
因此由《南華眞經直音》可看出賈善翔以爲「猿」與「猴」是等同的，才會
於本文中作「狙猿」，標音「侯」。

　　此例已與前文所說僅「同義詞」的關係有所不同。「狙猿」中的「猿」轉爲
「猴」已是第一次意義上的轉換，然而其後字並非作「猴」而作「侯」，可見在
作者腦海中，已出現「猴，音侯」的過程。因此，最後《南華眞經直音》才會
出現「狙猿，侯」的音注，此爲第二次字音上的轉換過程。

　　此外，又如「缶」與「垂」：

　　　缶，垂。【704-2-8，天地93，總數1079】

「缶」字出自《莊子》〈天地篇〉：

　　　以二缶鍾惑，而所適不得矣。【頁494】

若將文中之「缶」與「垂」之音韻相對照，可發現兩者聲、韻、調、開合皆不
同。然而透過《經典釋文》之解釋：

〔註23〕 鍾京鐸：《陶淵明詩注釋》〈飲酒·二十首并序〉，臺北：學海出版社，2005 年 2
　　　　月，頁425。

「以二缶鍾」缶應作垂，鍾應作踵，言垂腳空中，必不得有之適也。

【卷 27，頁 13 左】

與《經典釋文》對照比較後，可確定《南華眞經直音》中作「缶，垂」，主要是根據《經典釋文》而來。《南華眞經直音》同樣認爲「缶」應更改爲「垂」才會使得文意通順。〔註 24〕

〔註 24〕　《經典釋文》中認爲「缶鍾」應作「垂踵」。但〔清〕郭慶藩引當代學者俞樾曰：二缶鍾之文，未知何義。《釋文》云，缶應作垂，鍾應作踵，言垂腳空中，必不得有之適也。此於莊子之意不合。所適，謂所之也。郭注曰，各自信據，故不知所之，是也。如陸氏說，則以適爲適意之適，當云不得其適，不當云所適不得也。今案鍾作踵，而二則一字之誤，缶則企字之誤。企下從止，缶字俗作𠤱，其下亦從止，兩形相似，因致誤耳。

第五章 《南華眞經直音》聲母、韻母演變現象討論

　　《南華眞經直音》中的 1233 條語料，在扣除與《廣韻》相同之音注，及承襲自《莊子音義》的相關音注後，所餘 127 條即是產生音變之語料。這 127 條占全部 1233 條中的 10.30%。雖數量上並不多，但這些語料卻呈現出《南華眞經直音》所獨有的語音特色。127 音變現象如下表所示：

表 5-1　音變現象總表

	依音變項目多寡排序	數量	依音變數量多寡排序	數量
音變現象	聲母、韻母、聲調、等第	1	僅韻母	62
	聲母、韻母、等第	3	僅聲母	18
	韻母、聲調、開合	6	韻母、聲調	16
	韻母、聲調、等第	3	韻母、等第	10
	韻母、開合、等第	1	韻母、聲調、開合	6
	聲母、韻母	4	聲母、韻母	4
	聲母、開合	1	韻母、聲調、等第	3
	韻母、聲調	16	聲母、韻母、等第	3
	韻母、開合	2	韻母、開合	2
	韻母、等第	10	聲母、韻母、聲調、等第	1
	僅聲母	18	韻母、開合、等第	1
	僅韻母	62	聲母、開合	1
產生音變現象合計 127				

127 例前字與後之標音相異處以「僅韻母」不同情況最多，共有 62 例；其次則爲「僅聲母」不同，有 18 例；後爲「韻母、聲調」不同，有 16 例；「韻母、等第」有 10 例；「韻母、聲調、開合」6 例；「聲母、韻母」4 例；「韻母、聲調、等第」3 例；「聲母、韻母、等第」不同有 3 例、「韻母、開合」2 例、「聲母、韻母、聲調、等第」、「聲母、開合」、「韻母、聲調、等第」各 1 例，合計 127 例。

本章共分五節，第一節爲「《莊子》系列韻書語音系統比較分析」。歷代以來《莊子》注疏數量並不少，然本研究《南華眞經直音》音釋內容主要承襲自陸德明《莊子音義》，且同收藏於《道藏》中的《南華眞經章句音義》內容也大多參考自《莊子音義》，但是三者因作者身分、成書目的及對難字之定義不同，因此在內容上也略有差異。因此節便以《廣韻》爲對照本，且以《南華眞經直音》爲 127 條語料爲主將其與《莊子音義》、《南華眞經章句音義》相互對照，希望藉此可突顯各本之音注特色。此外，在與《廣韻》及《莊子音義》、《南華眞經直音》對照之後，本文亦會將產生音變現象的 127 條語料與《集韻》作比較，來看這 127 條語料是否仍有音變現象的產生。

這 127 例若依「聲母」、「韻母」、「開合」與「等第」劃分，可得前字與後之標音聲母有所變化總共有 27 例；韻母則有 108 例；聲調有 26 例；開合有 7 例；等第有所變化則有 18 例。因此，第二節則針對 127 例之聲母進行討論，第三節則是韻母的分析。

第一節　《莊子》系列韻書語音系統比較分析

音變現象語料 127 條已有別於《廣韻》、《莊子音義》與《南華眞經章句音義》。然而若以《廣韻》爲對照本，以《南華眞經直音》爲主要對象與《莊子音義》、《南華眞經章句音義》語音系統進行分析比較，即可了解究竟《南華眞經直音》與《莊子音義》何者較近於《廣韻》之音韻系統，且藉由對比更可突顯《南華眞經直音》之語音特色。另外，因《南華眞經直音》成書年代與《集韻》較接近，所以在與《廣韻》作比較分析之後，亦會將 127 條語料再與《集韻》相對照，以觀察其音變現象。

本節首以《廣韻》爲參照對象，首列研究《莊子音義》，次列《南華眞經直

音》，後列大多音注參考自《莊子音義》的《南華眞經章句音義》，針對三者語音系統比較分析。其結果可分爲下列六類：

表 5-2　《莊子》系列韻書語音系統比較表

	書　　名	廣　韻	數　量	百分比
1	莊子音義	○〔註1〕	60	47.24%
	南華眞經直音	×		
	南華眞經章句音義	○		
2	莊子音義	△	23	18.11%
	南華眞經直音	×		
	南華眞經章句音義	△		
3	莊子音義	×	21	16.54%
	南華眞經直音	×		
	南華眞經章句音義	×		
4	莊子音義	○	17	13.39%
	南華眞經直音	×		
	南華眞經章句音義	△		
5	莊子音義	×	4	3.15%
	南華眞經直音	○		
	南華眞經章句音義	×		
6	莊子音義	×	2	1.57%
	南華眞經直音	×		
	南華眞經章句音義	○		
合　　計			127	100%

一、《南華眞經直音》與他者相異

第一類爲《莊子音義》、《南華眞經章句音義》語音系統與《廣韻》相同或近似，但《南華眞經直音》之標音卻與此三者不同，共計 60 例，於所有音變數量總數的 47.24%。以下依篇章順序及標音先後列出：

1. 菌，郡。【700-1-6，逍遙遊 21，總數 22】

2. 距，具。【702-1-14，大宗師 15，總數 530】

〔註 1〕「○」代表音韻近似；「×」代表音韻不同；「△」代表未標音。

3. 滀，畜。【702-1-17，大宗師 27，總數 542】

4. 憒，繪。【702-2-19，大宗師 124，總數 639】

5. 蹩，鷩。【700-1-17，馬蹄 30，總數 792】

第一例「菌」，直音為「郡」，兩者聲母上同為群母字，且同是合口三等。但「菌」字為軫韻上聲，「郡」則是問韻去聲。《莊子音義》、《南華真經章句音義》中「菌」字標音為「其隕切」，與《南華真經直音》不同。但《莊子音義》、《南華真經章句音義》雖反切上下字皆與廣韻相異，但所標之音卻與其完全相同。

第二例「距」，《南華真經直音》標其音為「具」，兩字皆為群母字，且同為三等。韻母方面，前字「距」為語韻，直音「具」則是遇韻。且前字為上聲開口，但「具」卻為去聲合口。《莊子音義》、《南華真經章句音義》皆作「距」直音「巨」，兩字不管在聲母、韻母、聲調方面皆相同。

第三例「滀」為「丑六切」，聲母徹，韻母屋，入聲，合口三等。《南華真經直音》標其直音「畜」與前字「滀」僅有聲母「曉」與其不同。《莊子音義》中則作「勅六反」，《南華真經章句音義》為「敕六切」。兩者反切上字不同，但根據《異體字字典》，「勅」為「敕」字之異體，因此在此的「勅」非來母字，而是應看作「敕」字之異體，為徹母字。如此「敕六切」之音便與《廣韻》相同。

第四例「憒」字於《廣韻》、《莊子音義》、《南華真經章句音義》三者皆為見母，隊韻，去聲，合口一等。《南華真經直音》則作「憒，繪」，但「繪」字聲母為匣，韻母則是泰，聲調、開合口與等第則是與「憒」相同。

第五例「蹩」為蒲結切，聲母並，韻母屑，入聲，開口四等。《南華真經直音》標其音為「鷩」。「鷩」聲母幫，韻母薛，入聲，開口三等，與前字「蹩」於聲母、韻母及等第上均不同。觀《莊子音義》、《南華真經章句音義》「蹩」音皆作反切「步結切」，「步結切」聲韻母皆與《廣韻》「蹩」同。

以上五例皆是《南華真經直音》與《廣韻》系統不符，但《莊子音義》、《南華真經章句音義》卻與《廣韻》系統相似之例，此類在 127 條中佔有相當大的比例。

二、《南華眞經直音》與《廣韻》相異，其他二者未標音：

第二類爲《南華眞經直音》與《廣韻》音韻不同，且《莊子音義》、《南華眞經章句音義》未針對這些語料標音之情況，共計 23 例，比例爲 18.11%。相關例子如：

1. 桀，蝎。【701-2-4，人間世 25，總數 334】
2. 匡，於方切。【700-3-20，齊物 137，總數 245】
3. 隸，例。【700-3-18，齊物 128，總數 236】

第一例「桀」《南華眞經直音》標其音爲「蝎」。前字「桀」爲群母字，薛韻，入聲，開口，三等。直音「蝎」則是匣母字，曷韻，入聲，開口一等。兩者在聲母、韻母、等第上皆不相同。

第二例「匡」字標音爲「於方切」。「匡」屬溪母字，陽韻，平聲。後之標音「於方切」韻母雖與「匡」同，但其聲母卻爲影，兩者有所差別。

第三例「隸」爲來母字，霽韻，去聲，開口四等。直音「例」雖同爲來母字，且亦爲去聲開口字，但韻母卻是祭，且爲三等。

以上三例皆是《南華眞經直音》與《廣韻》標音不同，且《莊子音義》、《南華眞經章句音義》未標音之例。因此這 23 例是作者賈善翔自身所作，非參考自《莊子音義》，且與《廣韻》之標音有所不同。

三、四者皆異

第三類《南華眞經直音》與《莊子音義》、《南華眞經章句音義》、《廣韻》音韻皆不同，共 21 例，比例爲 16.54%。

1. 頯，去鬼切。【704-3-4，天道 43，總數 1145】
2. 悖，倍。【703-3-1，胠篋 69，總數 884】
3. 畏，委。【700-2-10，齊物 14，總數 121】
4. 靡，眉。【703-2-10，胠篋 19，總數 834】

第一例「頯」《廣韻》標其爲渠追切，聲母爲群，韻母爲脂。《南華眞經直音》中針對「頯」則作去鬼切，屬溪母字，尾韻。《莊子音義》中則爲去軌反，亦爲溪母，但韻母爲旨。《南華眞經章句音義》中則未針對此字標音。前三者之

標音並不相同，聲母方面《南華眞經直音》與《莊子音義》同爲溪母，且一樣使用「去」爲反切上字，但《廣韻》中就用群母字「渠」，韻母方面則三者皆不相同。

第二例「悖」蒲昧切，聲母並，韻母隊，去聲，合口一等。直音「倍」薄亥切，聲母並，海韻，上聲，開口一等。《莊子音義》與《南華眞經章句音義》則標「必內切」，聲母幫，韻母爲隊。若將四者相較，《莊子音義》與《南華眞經章句音義》兩者標音皆同。就聲母而言《南華眞經直音》與《廣韻》相同，但韻母、開合卻不同。若以韻母來說，則是《莊子音義》與《南華眞經章句音義》與《廣韻》相同。

第三例「畏」爲影母字，韻母爲未，去聲，合口三等。直音「委」聲母同爲影，韻母則是紙韻，上聲，合口三等。《莊子音義》與《南華眞經章句音義》則有「於鬼切」與「烏罪切」二音。以上對「畏」字聲母之標音皆同爲「影」，韻母則有所差別。《廣韻》標其爲未韻，《南華眞經直音》則是紙韻，《莊子音義》與《南華眞經章句音義》的「於鬼切」爲尾韻，「烏罪切」爲賄韻。韻母上有著較大的差異性。且《南華眞經直音》直音「委」於聲調上是上聲，與前字「畏」的去聲亦不同。

第四例「靡」聲母明，韻母紙，上聲，開口三等字。《南華眞經直音》標其音爲「眉」。「眉」字聲母是明，韻母脂，屬平聲，開口三等。《莊子音義》、《南華眞經章句音義》則作「密池切」〔註2〕，爲明母，支韻。四者在聲母上完全相同，韻母方面《廣韻》爲紙韻，《南華眞經直音》爲脂韻，《莊子音義》、《南華眞經章句音義》則是支韻，亦相當相似。

四、《莊子音義》與《廣韻》同

第四類僅《莊子音義》與《廣韻》同，《南華眞經章句音義》未標音，《南華眞經直音》卻與以上三者皆不同之情況有 17 例，比例爲 13.39%。

1. 塈，涸。【704-2-4，天地 76，總數 1062】
2. 怫，拂。【704-2-7，天地 90，總數 1076】

〔註2〕 《中華道藏》中之「靡」作「容池切」，但經筆者對照《正統道藏》後，發現其應爲「密池切」，作「容池切」應是校刊者之誤。

3. 篋，古牒切。【704-3-14，天運 25，總數 1178】

第一例「壑」呵各切，曉母，鐸韻，入聲，開口一等字。直音「涸」爲匣母字，韻母鐸，入聲，開口一等字。《莊子音義》作「火各反」，聲母曉，韻母鐸，《南華眞經章句音義》則未標音。觀三者之標音，可發現《莊子音義》與《廣韻》反切上字雖不相同，但聲母卻皆爲曉母，反切下字則完全相同，爲鐸韻。《南華眞經直音》直音「涸」則與「壑」字聲母不同，但曉母與匣母一樣都爲喉音。韻母、聲調與開合等第皆相同。

第二例「佛」爲符弗切，聲母奉，韻母物，入聲，合口三等。《南華眞經直音》標其音爲「拂」，「拂」字與「佛」兩者僅聲母不同，前字「佛」聲母奉，直音「拂」聲母則是敷，兩者皆是清唇音。針對「佛」字，《莊子音義》標音亦與《廣韻》相同，皆是「符弗切」。

第三例《南華眞經直音》作「篋，古牒切」，《廣韻》作「篋，苦協切」，《莊子音義》爲「篋，苦牒反」。就反切上下字觀之，《廣韻》反切上字「苦」與《莊子音義》同，因此兩者聲母相同，皆是溪母。《南華眞經直音》之反切上字「古」則是見母，與另兩者不同。反切下字《南華眞經直音》與《莊子音義》皆使用「牒」，《廣韻》則是「協」，但「牒」與「協」兩字韻母皆是怗。因此，《廣韻》與《莊子音義》音韻皆相同，《南華眞經直音》則聲母與另兩者相異。

五、《南華眞經直音》與《廣韻》音韻系統近似

第五類爲《南華眞經直音》與《廣韻》音韻系統近似，其他兩者不同之情況，僅 4 例，所佔比例爲 3.15%。

1. 鷙，致。【703-3-7，在宥 11，總數 906】

2. 庭，聽。【700-1-13，逍遙 51，總數 51】

3. 姬，肌。【700-3-14，齊物 112，總數 220】

4. 姬，肌。【700-3-20，齊物 136，總數 244】

127 例特殊語音是與《廣韻》、《莊子音義》、《南華眞經直音》比較後之結果。然而這 127 例中，仍有 4 例相較於《莊子音義》、《南華眞經直音》之標音是更接近《廣韻》的。

　　第一個例子「鷙」聲母章，脂韻，去聲，開口三等。直音「致」在韻母、聲調與開口等第方面皆與「鷙」同，僅在聲母「知」與「鷙」聲母章不同。《莊子音義》中的「鷙」作「敕二反」，聲母徹〔註3〕，至韻，與《廣韻》皆不相同。《南華眞經章句音義》則作「敕二切」，與《莊子音義》標音相同，「敕二切」聲母徹，韻母至。四者比較後，便可發現《南華眞經直音》與《廣韻》標音僅差在聲母，《莊子音義》、《南華眞經章句音義》標音與《廣韻》相較下聲母、韻母皆不相同。因此，此例《南華眞經直音》是較近於《廣韻》。

　　第二例「庭」聲母定，韻母青，平聲，開口四等字。《莊子音義》、《南華眞經章句音義》皆標「敕定切」，聲母來，韻母徑，與《廣韻》有所差別。但《南華眞經直音》作「庭，聽」，「聽」字與前字僅差在聲母爲「透」。

　　第三例與第四例於《南華眞經直音》標音皆相同，皆作「姬，肌」。

　　「姬」聲母見，韻母之，平聲，開口三等。《莊子音義》針對「姬」字作「力之反」，《南華眞經章句音義》一次標「力之切」，一次則標爲「力知切」，但「力之切」與「力知切」皆是來母，之韻。《莊子音義》、《南華眞經章句音義》的韻母「之」雖與《廣韻》相同，但是聲母來爲半舌，與《廣韻》聲母見爲牙音有著極大的落差。反觀《莊子音義》，其所標「肌」之聲母爲見與《廣韻》同，韻母「脂」雖未與「之」同，卻也十分相近。因此，此例亦是《南華眞經直音》之標音較近《廣韻》。

六、《南華眞經章句音義》與《廣韻》近似

　　第六類爲僅《南華眞經章句音義》與《廣韻》近似，僅有 2 例，所佔比例爲 1.57%。相關例子如：

　　　1. 幻，患。【701-3-19，德充符 28，總數 475】

　　　2. 翅，試。【702-2-13，大宗師 97，總數 613】

　　第一例「幻」爲匣母字，襉韻，去聲，合口二等。《南華眞經直音》中直音爲「患」，在聲母、聲調、開合與等第皆與「幻」字同，但韻母卻爲諫。《莊子音義》中標其音爲「滑辯反」，《南華眞經章句音義》作「滑辦切」，兩者反

〔註3〕《異體字字典》中「敕」原是「敕」之異體字，《南華眞經章句音義》中又作「鷙，敕二切」，因此推斷《莊子音義》中的「敕二反」同爲「敕二切」，聲母應是「徹」。

切下字不同。但《莊子音義》的「辯」韻母爲獮，「滑辦切」韻母則是襉。因此《南華眞經章句音義》相較於《南華眞經直音》、《莊子音義》是與《廣韻》較相似的。

第二例「翅」聲母書，韻母寘，去聲，開口三等。直音「試」在聲母、聲調、開合、等第上與之皆同，但「試」字韻母爲志。《莊子音義》作「詩知反」，聲母亦同，但韻母爲支。《南華眞經章句音義》則標「詩智切」，聲韻母皆與《廣韻》同。

小　結

在第一類當中，就可看出《南華眞經章句音義》有 60 例與《莊子音義》相同，音韻系統也與《廣韻》近似。在第二類中若《莊子音義》未標音注，則《南華眞經章句音義》也未標，有 23 個例子。第三類與第五類中《莊子音義》與《南華眞經章句音義》標音情況亦相同，兩類合計有 25 例。由第一、第二、第三、第五類顯示《南華眞經章句音義》與《莊子音義》標音相似度極高，兩者有許多音注相同，且若《莊子音義》未標，則《南華眞經章句音義》同樣未標。《莊子音義》、《南華眞經章句音義》兩者不同音注的情況僅第四類 17 例與第六類 2 例，合計僅有 19 例，數量相當少。據此可得《南華眞經章句音義》大多標音是引自於《莊子音義》。

此外，六類當中，《莊子音義》與《廣韻》音韻系統近似的有第一類的 60 例與第四類的 17 例，兩者合計 77 例。但《南華眞經直音》與《廣韻》音韻系統近似的僅有第五類的 4 例。因此可知《莊子音義》是較《南華眞經直音》接近《廣韻》音韻系統。且如上文所述，因《南華眞經章句音義》大多數音注皆引自《莊子音義》，對照《廣韻》之後，可發現《莊子音義》又較《南華眞經直音》近《廣韻》音韻系統。因此，亦可知承襲自《莊子音義》的《南華眞經章句音義》語音系統亦與《廣韻》近似。

《南華眞經直音》與《莊子音義》兩者在比較之後，可發現《南華眞經直音》針對《莊子》中之生難字標音較《莊子音義》密集，許多《莊子音義》認爲不需加以音注的字在《南華眞經直音》中都可以找到其標音。在 127 條語料中，就有 23 條這樣的例子。雖《南華眞經直音》有多數音注承襲自《莊子音義》，然而兩者作者對於生難字之標準卻有所差異。在《莊子音義》中找

不到的音注，賈善翔便會自行加以標音。《莊子音義》中有標音的音注，在《南華眞經直音》則絕對能找到。如此的現象則可歸根於作者身分、成書目的的不同所致。

《莊子音義》作者陸德明爲唐代經學家，所識之字必定多於道士賈善翔，其所認爲的難字對賈善翔來說就絕對會是難字，然若以賈善翔的標準所判定的難字對於陸德明卻不一定是難字，因此兩書中所揀注之字就會有所不同，形成《南華眞經直音》有的音注在《莊子音義》中卻遍尋不著的結果。

另外，賈善翔在「直音序」中就有提及，其作《南華眞經直音》就僅是爲了能夠通讀《莊子》，歷代注者針對一難字之音與義意見相同與否並不重要，賈善翔也只取一音加以音注，且其書讀者也是鎖定一般大眾，並不具任何考據、深究之目的，就僅是爲了讓讀者更便於閱讀《莊子》而作，與《莊子音義》廣納百家音注之特質有著極大的不同。

綜合以上所論，《南華眞經直音》雖承襲自《莊子音義》，但從產生音變的 128 條語料以《廣韻》爲參照本，與《莊子音義》、《南華眞經章句音義》比較分析後，可發現《南華眞經直音》與《莊子音義》的語音系統有所不同。《莊子音義》雖廣納諸家音注，但《南華眞經直音》作者賈善翔並不一定加以引用，有時仍以自身之想法針對《莊子》加以揀字標音，然而這些音注就是《南華眞經直音》最特出之處，其形成一套屬《南華眞經直音》本身之語音系統，兼具賈善翔個人之語音特色。

概括上述，可得以下五點：

1. 《南華眞經章句音義》大多標音引自《莊子音義》。

2. 《莊子音義》較《南華眞經直音》近《廣韻》音韻系統。

3. 透過結論第一點與第二點亦可證《南華眞經章句音義》亦是較《南華眞經直音》近《廣韻》音韻系統。

4. 許多《南華眞經直音》所標之音《莊子音義》並未標，透過這點可看出兩本書所標音之字因作者身份、成書目的及對難字之定義而有所不同。

5. 雖《南華眞經直音》有許多標音承襲自《莊子音義》，但透過此 127 例的對照，可發現《南華眞經直音》亦有與《莊子音義》、《南華眞經章句音義》不同的音變現象產生。

1233 例語料當中，有 868 例語料是與《廣韻》相同者。再除去與《莊子音

義》相同語音系統及非標音的情況，剩下者即是產生音變的 127 例語料。這 127 例語料當中，有 33 例在《廣韻》是被注字與注字標音不同的情況，但是在與《集韻》參照後，可發現其被注字與注字之音是相同的。相關例子如：

表 5-3　音變語料與《集韻》相同者

			廣　韻			集　韻		
			反切	聲母	韻母	反切	聲母	韻母
1	被注字	翛	蘇彫	心	蕭	思邀	心	宵
	注　字	霄	相邀	心	宵			
2	被注字	薩	桑割	心	曷	私列	心	薛
	注　字	泄	私列	心	薛			
3	被注字	氂	里之	來	之	良脂切	來	脂
	注　字	梨	力脂	來	脂			
4	被注字	幻	胡辨	匣	襇	胡慣切	匣	諫
	注　字	患	胡慣	匣	諫			
5	被注字	潰	胡對	匣	灰	胡對	匣	灰
	注　字	繪	黃外	匣	泰			
6	被注字	折	常列	常	薛	食列	船	薛
	注　字	舌	食列	船	薛			
7	被注字	忿	敷粉	滂	文	父吻	奉	文
	注　字	憤	房吻	奉	文			

前四個例子可以看出被注字從《廣韻》到《集韻》的這段時間，都已經產生了讀音的轉變。第一個例子「翛」與「霄」兩者本來在韻母是不相同的，但是在《集韻》，兩者韻母皆是「宵」。第二例的被注字「薩」在《集韻》當中韻母也和注字相同是「薛」。第三例「氂」與「梨」在《廣韻》當中韻母有異，一者爲「之」一者爲「脂」，在《集韻》則都是「脂」韻。第四個例子「幻，患」，兩者韻母也有所不同，「幻」韻母是「襇」，但「患」韻母則是「諫」，在《集韻》當中兩者標音是相同的。

第五個例子「潰」與「繪」兩者也是韻母上的不同，「潰」屬灰韻字，「繪」則屬泰韻字，在《集韻》時兩者反切則都是「胡對切」，同是匣母灰韻字。

第六與第七例則是在《廣韻》之中被注字與注字聲母不同，但是《集韻》時被注字與注字兩者讀音完全相同的情況。第六個例子「折」是常母薛韻與

「舌」船母薛韻有聲母上的差異，在《集韻》當中兩字都是船母薛韻，讀音並無差別。第七個例子「忿」與「憤」兩字在《廣韻》中韻母就無差別，但聲母方面「忿」是「滂」母，「憤」是「奉」母。《集韻》時兩者反切都是父吻切，聲母都已是奉。

在《南華眞經直音》1233 條語料當中，相同者有 868 例，去除與《莊子音義》相同及非標音的語料後，產生音變的 127 例，當中與《集韻》相同者有 33 例。雖《集韻》與《南華眞經直音》年代較接近，但從數量上來看，這 33 例佔音變語料的四分之一左右，顯示《廣韻》到《集韻》之間，又或者《集韻》產生之後到《南華眞經直音》成書 1086 年之間，當時語音仍是有所變化。這 33 例佔音變語料當中的數量並不多，且並非大量集中在某幾個聲母或者韻母上，因此對於整體音變現象影響並無太大影響，所以本文仍是以與《廣韻》對照爲主，來看這 127 例語料爲何產生了演化。

第二節　聲　母

第二節「聲母」內容討論《南華眞經直音》產生語音變化的語料在聲母上有何演變，內容分「聲母分析」與「聲母的演化」兩大部分。「聲母分析」將聲母產生音變現象的語料根據發音部位區分，並舉例子加以說明。「聲母的演化」則統整聲母變化的結果，明列其演化特色。以下將針對《南華眞經直音》聲母部分加以探討、分析。

一、聲母分析

《南華眞經直音》中前字與其後標音兩者聲母不同之情況，共有 28 例，根據發音部位區分如下表所示：

表 5-4　聲母變化數量表

發音部位		數　　量		合　　計
唇	重唇	4	7	27
	輕唇	3		
舌	舌頭	3	4	
	舌上	1		

齒	齒頭	0	2	
	正齒	2		
牙		9		
喉		5		
	半舌	0		
	半齒	0		

　　由上表中，可以清楚的知道《南華眞經直音》聲母的變化出現在牙音最多，共有 9 個例子。第二則是脣音字方面，重脣有 4 個例子，輕脣有 3 個例子，共計 7 個例子。第三則是有 5 個例子的喉音字。第四則是舌音字，舌頭音有 3 個，舌上音則有 1 個，計 4 例。後則爲齒音兩個例子，且都是正齒音產生變化。半舌音與半齒音的語料則無聲母產生演變的情況。

　　以下將依以上發音部位產生演變多寡之順序，從聲母來看語料所產生的變化。

（一）牙　音

　　《南華眞經直音》中牙音字聲母變化最多，有 9 個例子，在牙音聲母的分布如下表：

表 5-5　牙音字聲母變化

發音部位	牙			
	見	溪	群	疑
數　　量	1	2	4	2
	9			

　　牙音字中又以「群」母字的例子最多，共有共有四例，如：

　　1. 桀，蝎。【701-2-4，人間世 25，總數 334】

　　2. 遽，據。【704-2-9，天地 98，總數 1084】

　　3. 頯，去鬼切。【704-3-4，天道 43，總數 1145】

　　4. 黔，紺。【705-1-4，天運 59，總數 1212】

第一例「桀」，同爲群母字，但直音「蝎」字之聲母爲「匣」。第二例「遽」聲母亦是「群」，直音「據」聲母爲「見」。第三例「頯」聲母一樣是「群」，「去鬼切」的聲母則是「溪」。第四例「黔」聲母爲「群」，後之直音「紺」

聲母則是「見」。

由以上四例可看出《南華眞經直音》中的群母字，使用非同聲母字標音的情況雖是較多的，但四例其中的三例皆是使用同爲牙音字的聲母「見」與「溪」，僅第四例使用使用喉音聲母「匣」來作爲標音。

牙音字中，音注聲母產生變化第二多的爲「溪」母與「疑」母，各有二例：

1. 篋，古牒切。【704-3-14，天運 25，總數 1178】

2. 匡，於方切。【700-3-20，齊物 138，總數 245】

3. 警，邀。【702-1-17，大宗師 28，總數 543】

4. 警，王羔切。【702-1-8，德充符 63，總數 510】

第一例「篋」，聲母「溪」，但「古牒切」聲母則是「見」。第二例「匡」，聲母亦爲「溪」，後「於方切」聲母則是「影」。

第三例「警」，聲母爲「疑」，但後之直音「邀」，聲母則是「見」。第四例同爲「警」，但後則使用反切「王羔切」標音，「王羔切」聲母爲「云」，與前字聲母「疑」亦不同。

牙音字當中，「見」母僅一個例子前字與後之標音聲母不同：

慣，繪。【702-2-19，大宗師 124，總數 639】

「慣」爲「見」母，直音「繪」聲母爲「匣」。

（二）唇　音

次於牙音字的爲唇音字共七例，包含出現在重唇的四例與輕唇的三例。

表 5-6　唇音字聲母變化

發音部位	唇							
	重唇				輕唇			
	幫	滂	並	明	非	敷	奉	微
數　量	3	0	1	0	1	1	1	0
	4				3			
	7							

重唇的四例又分別出現在幫母與並母：

1. 矉，頻。【704-3-18，天運 43，總數 1196】

2. 標，並小切。【704-2-6，天地 86，總數 1072】

3. 掊，剖。【700-1-20，逍遙 83，總數 83】

4. 鼈，鷩。【703-1-17，馬蹄 30，總數 792】

第一例「矉」聲母爲「幫」，直音「頻」聲母則是「並」。第二例「標」聲母亦是「幫」，後之標音「並小切」聲母同爲「並」。

第三例「掊」聲母爲「幫」，直音「剖」聲母爲「滂」。第四例「鼈」聲母「並」，直音「鷩」聲母則是「幫」。

輕唇的三例分別出現在非、敷、奉三個聲母各一例：

1. 債，忿。【704-3-10，天運 10，總數 1163】

2. 忿，憤。【704-2-1，天地 64，總數 1050】

3. 怫，拂。【704-2-7，天地 90，總數 1076】

第一例「債」聲母「非」，直音「忿」聲母「敷」。第二例「忿」聲母「敷」，直音「憤」聲母爲「奉」。第三例「怫」聲母「奉」，直音「拂」聲母則是「敷」。

（三）喉　音

喉音字有六個例子，於喉音聲母之分佈情形如下圖：

表 5-7　喉音字聲母變化

發音部位	喉			
	影	曉	匣	云
數　量	0	2	1	2
	5			

六個例子除影母之外，曉母、云母與匣母各兩個例子，其語料如下：

1. 鑿，鑊。【702-2-1，大宗師 44，總數 559】

2. 鑿，洄。【704-2-4，天地 76，總數 1062】

3. 偉，居鬼切。【702-2-9，大宗師 82，總數 597】

4. 鴞，許嬌切。【704-2-11，天地 108，總數 1094】

5. 解，苦介切。【703-3-1，胠篋 67，總數 882】

第一例與第二例前字相同皆爲「壑」聲母「曉」，後之直音分別爲「鑊」與「涸」，兩者直音聲母皆爲「匣」，韻母同爲「鐸」，聲調「入聲」，等第爲「一等」皆與「壑」相同，但「鑊」字爲「開口」與合口「壑」有所差異。

第三例「偉」聲母爲「云」，標音「居鬼切」聲母則是「見」。第四例「鴞」生母亦是「云」，標音「許嬌切」聲母「曉」。第五例「解」聲母同爲「匣」，但反切「苦介切」聲母則是「溪」。

（四）舌　音

舌音字則有 4 例，聲母分佈如下表：

表 5-8　舌音字聲母變化

發音部位	舌							
	舌頭				舌頭			
	端	透	定	泥	知	徹	澄	娘
數　量	0	1	2	0	0	1	0	0
	3				1			
	4							

由上表可得舌音字聲母產生變化，包含舌頭音的 3 例與舌上音的 1 例。舌頭音的變化又出現在定母與透母，定母有兩個例子：

髰，替。【704-2-6，天地 84，總數 1070】

庭，聽。【700-1-13，逍遙 51，總數 51】

第一例「髰」與第二例「庭」聲母皆爲「定」，兩例直音「替」與「聽」聲母皆是「透」。此外，尚有透母一例：

貸，大。【702-3-11，應帝王 28，總數 698】

前字「貸」聲母爲「透」，其直音「大」聲母則是「定」。

舌上音僅徹母一例：

滀，畜。【702-1-17，大宗師 27，總數 542】

「滀」聲母爲「徹」，直音「畜」聲母卻爲「曉」。

（五）齒　音

齒音字僅有兩個例子：

表 5-9　齒音字聲母變化

發音部位	齒									
	齒頭					正齒				
	精	清	從	心	邪	照	穿	牀	審	禪
數　量	0	0	0	0	0	1	0	0	0	1
	0					2				
	2									

齒頭音無語料產生聲母上的變化，兩個例子出現在正齒的照母與禪母：

　　鷙，致。【703-3-7，在宥 11，總數 906】

　　折，舌。【701-2-23，人間世 101，總數 410】

第一例「鷙」聲母爲「章」，直音「致」聲母則是「知」。第二例「折」聲母爲「禪」，直音「舌」聲母則是「船」。

二、聲母的演化

　　《南華眞經直音》中之標音，僅有 27 個例子在聲母上產生變化。這 27 例中聲母產生變化的最大因素爲「濁音清化」。

　　宋代三十六字母中，全濁聲母包含唇音的並、奉，舌音的定、澄，牙音的群，齒音的床、禪、從、邪，還有喉音的匣，共計十個。這些全濁聲母漸轉變爲發音時聲帶不振動的清音，此現象即是「濁音清化」。這種現象在《南華眞經直音》的聲母音變現象中出現 15 次：

表 5-10　濁音清化

發音部位	例　字		《廣韻》		《南華真經直音》	
			標音	聲母	標音	聲母
重　唇	1.	矉	必鄰切	幫	頻	並
	2.	標	方小切	幫	並小切	並
	3.	蹩	蒲結切	並	鷩	幫
輕　唇	4.	忿	匹問切	敷	憤	奉
	5.	怫	符弗切	奉	拂	敷
舌　頭	6.	髢	特計切	定	替	透
	7.	庭	特丁切	定	聽	透
	8.	貸	他代切	透	大	定

牙	9.	黔	巨淹切	羣	紺	見
	10.	遽	其據切	羣	據	見
	11.	頯	渠追切	羣	去鬼切	溪
	12.	警	五交切	疑	邀	見
喉	13.	壑	呵各切	曉	鑊	匣
	14.	壑	呵各切	曉	涸	匣
	15.	鴞	于嬌切	云	許嬌切	曉

重脣音共有三個字產生濁音清化的現象，三個例子都是全清聲母「幫」與全濁聲母「並」互注。如第一例「曠」爲全清幫母字，但《南華眞經直音》以全濁並母字「頻」爲其標音，以濁音注清音，顯示「頻」字已濁音清化。「標」字標音「並小切」亦是濁音清化。

「蹩」爲全濁聲母並母字，但卻使用幫母字「鱉」爲其音，顯示「蹩」字已清化。

輕脣音方面，則有兩個例子是濁音清化，且兩例皆是敷奉互注。如第一例「忿聲母是次清聲母敷，標音卻使用屬全濁聲母奉的「憤」字爲其標音，由此顯示「憤」字已濁音清化。第二例與第一例相反，前字「怫」聲母是全濁聲母奉，直音「拂」聲母則是次清聲母敷，由此可看出「怫」已清化。

舌音字濁音清化的現象僅出現在舌頭音，共有三個例子。這三個例子的濁音清化，皆是因透定兩聲母互注所產生。「髢」聲母爲定，屬全濁聲母，直音「替」聲母爲次清聲母透，因此可看出「髢」字已濁音清化。

第二例「庭」聲母同樣爲定，卻使用次清聲母的「聽」爲其音，由此顯示「庭」字已清化。第三例「貸，大」，前字「貸」聲母爲次清聲母透，直音「大」聲母爲全濁聲母定，因此「大」字也是濁音清化。

牙音字方面，其中的兩例是見羣兩聲母互注。兩個例子的前字「黔」與「遽」，聲母皆是全濁聲母羣，但是其後的標音「紺」與「據」聲母則都是全清聲母見，以見母字注羣母字，顯示「黔」與「遽」兩字都已濁音清化。

第三個例子「頯」字聲母同爲全濁聲母羣，但是其標音「去鬼切」，聲母則是次清聲母溪，以清音注濁音則顯示「頯」字已濁音清化。第四個例子「警」聲母是次濁聲母疑，《南華眞經直音》標其音爲「邀」屬全清聲母見母字，同樣是以清音注濁音，亦表示前字「警」已濁音清化。

　　喉音字濁音清化的例子，其中兩例的前字同爲「鏨」，聲母都是清聲母曉。兩個例子分別用「鑊」與「涸」字進行標音，然而「鑊」與「涸」都屬濁聲母匣母字，以濁聲母字注清聲母字，則表示「鑊」與「涸」兩字已濁音清化。此外，喉音字尚有「鴞」字，反切于嬌切屬云母，《南華眞經直音》中作許嬌切，兩者韻母相同，但後者聲母爲曉母，此即「鴞」字已濁音清化。

　　《南華眞經直音》中聲母的演變除了顯現出濁音清化的現象外，另有多例是呈現牙喉音相混的情況：

表 5-11　牙喉音互混

發音部位	例　字	《廣韻》		《南華真經直音》	
		標　音	聲　母	標　音	聲　母
牙	1. 憒	古對切	見	繪	匣
	2. 匡	去王切	溪	於方切	影
	3. 桀	渠列切	群	蝎	匣
	4. 聱	五到切	疑	王羔切	云
喉	5. 解	胡懈切	匣	苦介切	溪
	6. 偉	于鬼切	云	居鬼切	見

　　「憒」字音古對切，爲見母字，但卻使用匣母字「繪」爲其直音。「匡」聲母爲溪，亦是牙音字，但《南華眞經直音》則標其音爲「於方切」，聲母是影。「桀」聲母爲「群」，直音「蝎」則是喉音匣母字。「聱」同樣屬牙音字，「王羔切」聲母爲云。牙音字聲母變化的 9 個例子當中，就有 4 個例子是因使用喉音字而使得前字與後之標音在聲母上有所差異。

　　喉音聲母變化的 6 個例子當中，亦有兩個例子是使用牙音聲母而產生前字與標音聲母上的不同。如「解」字屬匣母字，卻使用牙音聲母溪的「苦介切」來作爲音注。云母字「偉」標音使用聲母爲見的「居鬼切」，亦是喉牙音相混的例子。

　　《南華眞經直音》中喉牙音相混共有 6 個例子，產生如此的現象並非無跡可循。因喉音與牙音兩者發音部位相近，兩者常產生混用、互轉的情況，如陸華於〈《資治通鑑釋文》音切反映的宋代音系──聲類的討論〉〔註4〕當中同樣

〔註 4〕陸華：〈《資治通鑑釋文》音切反映的宋代音系──聲類的討論〉，柳州師專學報，
　　　　第 19 卷 3 期，2004 年 9 月，頁 35～37。

整理出《資治通鑑釋文》這部產生於南宋的音義之作亦具有牙音與喉音相混的聲類特色。此外，又如葛樹魁〈喉牙音考〉〔註5〕、朱聲琦〈從古今字、通假字等看喉牙聲轉〉〔註6〕等文章從古今字、通假字爲切入點，舉出大量喉牙音互轉之例，以此證明喉牙音兩者因發音部位相近而常有混用之現象。

此外，牙喉音兩者在中古到國語的演化，又同時朝著顎化與零聲母化前進。牙喉音互注當中就有顎化之例子，如第三例的「桀」與第五例的「解」字皆是。

零聲母方面，現今國語零聲母來自中古的疑母、微母、影母、云母、以母、日母，這六個聲母演變成零聲母之情況如下圖〔註7〕：

從上圖可知「云」母與「以」母合併成爲零聲母，到了宋代「影」母與「疑」母也轉成了零聲母，到了明清「微」母與「日」母亦併入零聲母當中。《南華眞經直音》中牙喉音相混的第四例即是呈現「疑」母走向零聲母之演化現象。「鷖」字爲「疑」母字，但《南華眞經直音》卻使用聲母爲「云」的「王羔切」作爲其標音。「云」字在唐代就已加入零聲母的行列，但在此卻作爲「疑」母字「鷖」的標音，「云」與「疑」相混可見「疑」母走向零聲母化。

《南華眞經直音》中亦有三個「非、敷、奉」三個聲母相混的例子。中古早期並無輕唇音，唐末以後至宋初，重唇音的合口三等字逐漸轉變爲輕唇音「非、敷、奉、微」，其中「非、敷、奉」三聲母又變成了擦音，三者最後同讀爲〔f-〕，其演化過程如下圖所示〔註8〕：

〔註5〕葛樹魁：〈喉牙音考〉，語文學刊，2010年2月，頁5～11。

〔註6〕朱聲琦：〈從古今字、通假字等看喉牙聲轉〉，徐州師範大學學報（哲學社會科學版），1998年3月，頁49～52。

〔註7〕參見竺家寧《聲韻學》，臺北：五南出版社，2006年，頁452。

〔註8〕同註7，頁312、450。

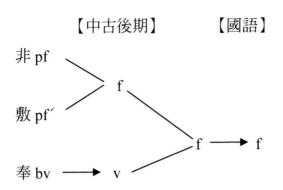

【中古後期】　　　　【國語】

非 pf

敷 pf´　　　　　　f

奉 bv　　　v　　　　f　　f

　　《南華眞經直音》有三例似是「輕唇音擦音化」語音演化現象，雖數量上相當少，或許不以爲據，但這也許就是非、敷、奉合流現象的發靭。

表 5-12　非敷奉互用

發音部位	例字	《廣韻》		《南華真經直音》	
		標 音	聲 母	標 音	聲 母
輕　唇	僨	方問切	非	忿	敷
	忿	匹問	敷	憤	奉
	怫	符弗	奉	拂	敷

　　從以上三例，可看出輕唇音已從重唇音中分化而出。這三個輕唇音的例子，從《南華眞經直音》的標音當中，又可發現到輕唇音似有走向擦音化的現象。原本當以非母字注「僨」字之讀音，但《南華眞經直音》卻使用了屬敷母的「忿」字。對於敷母字的「忿」則使用「奉」母字「憤」注音。奉母字「怫」則使用敷母字「拂」標音。

　　因《南華眞經直音》中，僅有這三個「非、敷、奉」互注之例，數量上相當少，無法斷定這絕對是輕唇音擦音化的現象，在數量與比例上來說，不足以成爲相當的證據，但不可否認的這三個例子所顯現的就是「非、敷、奉」的互注，或許也是「輕唇音擦音化」的萌芽。

　　宋代孫奕的《九經直音》與朱熹的《詩集傳》同樣出現了非、敷、奉三者相混的例子，因此竺家寧認爲，今天國語把「非、敷、奉」三母的字都念成〔f-〕，可以推遡到宋代。〔註9〕然而《九經直音》與《詩集傳》爲南宋的作品，所代表

─────────────────

〔註9〕同註7，頁419、429。

的是南宋的語音，倘若現今北宋《南華眞經直音》中這三個例子是「輕脣音擦音化」的語音現象表現，那麼「非、敷、奉」三母的合流也可從原本較大範圍的宋代，進一步推溯至北宋。

第三節　韻　母

第二節「韻母」內容是針對《南華眞經直音》中韻母產生音變之語料進行分析。此節亦分為兩部分，第一部分為「韻母分析」，第二則是「韻母的演化」。「韻母分析」先統整各韻攝產生變化的數量，並依序排列。後則針對各韻攝中各韻產生變化的現象加以舉例說明，亦同樣按照變化數量由多至寡排列。「韻母的演化」內容統整《南華眞經直音》中韻母變化之特色。

一、韻母分析

《南華眞經直音》前字與後之標音韻母不同者，共計有 108 例。此 108 例於各韻攝與韻母分佈情形如下表所示：

表 5-13　韻母變化數量表

韻　攝	數　量	合　計
止攝	54	
蟹攝	21	
臻攝	7	
遇攝	6	
山攝	5	108
效攝	4	
咸攝	4	
梗攝	3	
流攝	3	
假攝	1	

由上表可知《南華眞經直音》韻母上的變化多出現在止攝與蟹攝。其中止攝的數量甚至高達 54 例，佔韻母變化總數 108 例一半，是相當特別的現象。第二的則是蟹攝，數量有 21 例，數量上亦不少。扣除止攝的 54 例加上蟹攝的 21 例，剩下的 33 例則分散於臻攝、遇攝、山攝、效攝、咸攝、梗攝、流

攝、假攝八個攝之中，數量上都相當少。以下將透過各攝中之例子來說明《南華眞經直音》的韻母變化現象。

（一）止 攝

韻母產生較多變化的止攝，其變化現象分部在九個韻之中，包含支、紙、之、寘、微、旨、志、脂、未等九韻。數量多寡如下圖：

表 5-14 止攝韻母變化

韻 攝	止攝								
韻 母	平				上		去		
	支	之	微	脂	紙	旨	寘	志	未
數 量	14	10	3	2	14	2	5	3	1
	29				16		9		
合 計	54								

由上表可清楚的看出止攝韻母變化最多的屬支韻與紙韻，在變化總數 54 個當中「紙」韻字，共有 14 個例子：

1. 踶，值。【703-2-1，馬蹄 32，總數 794】〔註10〕

2. 靡，眉。【703-2-10，胠篋 19，總數 834】

3. 靡，美。【700-2-20，齊物 55，總數 163】〔註11〕

4. 恑，鬼。【700-3-2，齊物 65，總數 173】

5. 詭，鬼。【700-3-21，齊物論 142，總數 250】〔註12〕

6. 踦，幾。【701-1-4，養生主 8，總數 274】

7. 呰，子。【701-2-6，人間世 36，總數 345】

8. 軹，止。【702-2-21，大宗師 129，總數 645】

9. 豕，始。【702-3-15，應帝王 45，總數 715】

10. 胣，恥。【703-2-10，胠篋 18，總數 833】

11. 髀，卑。【701-3-7，人間世 127，總數 436】

〔註10〕 「踶，值」還出現在【703-2-5，馬蹄 51，總數 813】。

〔註11〕 「靡，美」還出現在【702-3-14，應帝王 41，總數 711】。

〔註12〕 「詭，鬼」還出現在【703-2-4，馬蹄 47，總數 809】。

　　第一個例子前字「蹝」同爲紙韻字，但標音「値」卻爲志韻。第二例標音「眉」爲明母脂韻開口三等平聲字，以此注屬紙韻的「靡」字。第三例也總共出現了兩次，標音字「美」雖與前字「靡」在聲母、聲調及開合等第上皆相同，但「美」字韻母爲「旨」而非「紙」。

　　第四與第五個例子雖前字不同，但「恑」與「詭」二字發音皆相同。兩字的注音「鬼」字在聲母、聲調、開合、等第上也與之相同，唯一有異的是「鬼」字屬尾韻，和屬紙韻的「恑」與「詭」在韻母上有所不同。第六例作爲音注的「幾」同樣也是如此，也是以尾韻字注紙韻字的例子。

　　第七、八、九及第十個例子前字與後字在聲母、聲調、開合與等第上也是相同的，但其後作爲注音的「子」、「止」、「始」、「恥」四字皆是止韻字，而非紙韻，僅與前字在韻母上有所差異。

　　第十一個例子「髀」屬幫母、紙韻，上聲開口三等字，後之標音「卑」雖聲母、開合等第上與前字相同，但「卑」字爲支韻其聲調爲平聲，與紙韻上聲的「髀」就有韻母及聲調上的差別。

表 5-15　紙韻變化

紙韻例字		《南華真經直音》	
		標　音	韻　母
1.	蹝	値	志
2.	靡	眉	脂
3.	靡	美	旨
4.	恑	鬼	尾
5.	詭	鬼	尾
6.	踦	幾	尾
7.	訾	子	止
8.	軹	止	止
9.	豸	始	止
10.	胣	恥	止
11.	髀	卑	支

由上表可明顯看出，大多紙韻字變化的現象都是因與同攝韻母「志」、「脂」、「旨」、「尾」、「止」、「支」等韻互用所產生韻母上相異的情況。

僅次於紙韻變化的是支韻產生變化的例子，共有 14 例：

1. 疵，慈。【701-2-8，人間世 44，總數 353】〔註 13〕

2. 畸，飢。【702-2-20，大宗師 126，總數 642】

3. 委，威。【702-3-13，應帝王 38，總數 708】〔註 14〕

4. 羈，飢。【703-1-13，馬蹄 10，總數 772】

5. 羈，饑。【703-1-16，馬蹄 25，總數 787】

6. 羲，希。【701-2-12，人間世 59，總數 368】〔註 15〕

7. 戲，希。【702-2-3，大宗師 54，總數 569】〔註 16〕

8. 犧，希。【703-2-2，馬蹄 37，總數 799】〔註 17〕

支韻變化的 14 個例子可分爲八類，其中第一個例子「疵，慈」出現了三次，第三例「委，威」、第六例「羲，希」、第七例「戲，希」、第八例「犧，希」都個出現了兩次，因此合計支韻韻母變化共有 14 例。

「疵，慈」，前字「疵」與標音「慈」兩字在聲母、聲調及開合、等第上皆相同，兩者僅在韻母上有所差異。「疵」字韻母爲「支」，作爲標音的「慈」韻母則爲「之」。

第二例的「畸，飢」與第四例「羈，飢」，前字「畸」與「羈」聲母屬見母字，同爲支韻，亦同是開口三等字。但兩字於《南華眞經直音》之中皆使用「飢」作爲標音，但「飢」雖在聲母、開合等第上與「畸」、「羈」兩字相同，但「飢」字韻母則是「脂」而非「支」。

其他的第三例「委，威」、第五例「羈，饑」、第六例「羲，希」、第七例「戲，希」、第八例「犧，希」，五個例子的前字與後字在聲母、聲調、開合與等第上也都是相同的，唯一不同的僅差在五個例子的前字韻母皆是「支」韻，但是後字的「威」、「饑」、「希」三字都屬「微」韻。

〔註 13〕 「疵，慈」還出現在【703-3-8，在宥 16，總數 911】、【700-1-14，逍遙 55，總數 56】。

〔註 14〕 「委，威」還出現在【704-3-11，天運 14，總數 1167】。

〔註 15〕 「羲，希」還出現在【703-1-12，馬蹄 6，總數 768】。

〔註 16〕 「戲，希」還出現在【703-2-17，胠篋 48，總數 863】。

〔註 17〕 「犧，希」還出現在【704-2-9，天地 100，總數 1086】。

根據以上八個例子，支韻字韻母變化可整理為下表：

表 5-16　支韻變化

支韻例字		《南華真經直音》	
		標　音	韻　母
1.	疵	慈	之
2.	畸	飢	脂
3.	委	威	微
4.	羈	飢	脂
5.	羈	饑	微
6.	義	希	微
7.	戲	希	微
8.	犧	希	微

由上表可知止攝中「支」韻字韻母上所產生的變化，主要是與同攝的「之」、「脂」、「微」混用所產生。

之韻是止攝中變化數量第三多者，共有十個例子：

1. 噫，衣。【704-1-2，在宥 77，總數 972】〔註 18〕

2. 釐，梨。【700-2-6，逍遙 104，總數 105】

3. 姬，肌。【700-3-14，齊物 112，總數 220】〔註 19〕

4. 譆，希。【701-1-6，養生主 13，總數 279】〔註 20〕

5. 頤，夷。【702-2-10，大宗師 83，總數 599】

6. 狸，梨。【704-1-16，天地 42，總數 1028】

7. 嘻，希。【704-1-13，天地 30，總數 1016】

以上之韻字產生變化的現象，除了前字與後之標音有韻母上的不同之外，其他在聲母方面，各個例子的前後兩字聲母皆是相同的，聲母上並無變化。十個例子聲調上都屬平聲，亦無差異；開合口與等第上也都是屬開口三等字。

韻母的變化也不大，皆是同韻攝中韻母的互用，如第一個例子「噫，衣」，

〔註 18〕　「噫，衣」還出現在【702-3-1，大宗師 141，總數 658】。

〔註 19〕　「姬，肌」還出現在【700-3-20，齊物 136，總數 244】。

〔註 20〕　「譆，希」還出現在【701-1-16，人間世 6，總數 315】。

之韻的「噫」字使用微韻的「衣」作爲標音;「齏,梨」使用脂韻的「梨」標
音;「姬,肌」使用脂韻的「肌」標音;「譆,希」使用微韻的「希」標音;「頤,
夷」使用脂韻的「夷」標音;「狸,梨」使用脂韻的「梨」標音;「嘻,希」
使用微韻的「希」標音。標音韻母上的變化可參見下表:

表 5-17　之韻變化

之韻例字		《南華真經直音》	
		標　音	韻　母
1.	噫	衣	微
2.	齏	梨	脂
3.	姬	肌	脂
4.	譆	希	微
5.	頤	夷	脂
6.	狸	梨	脂
7.	嘻	希	微

從上表可知之韻字韻母變化主要是與同攝之「脂」、「微」二韻互用所產生。

　　止攝其他韻母變化的例子,依舊不脫同攝韻母之間的混用,如:

　　　忮,至。【700-3-7,齊物 82,總數 190】

「忮」字與直音「至」兩字皆屬章母字,聲調上也都是去聲,且都爲開口三等
字。但「忮」字韻母爲寘,「至」字韻母則是至韻,兩字僅在韻母上有所不同,
但亦是同攝韻母間的互用。又如:

　　　軌,鬼。【703-2-18,胠篋 55,總數 870】

前字「軌」屬見母字、旨韻,聲調上聲,是開口三等字。後之標音「鬼」字在
聲母、聲調及開合等第上皆與「軌」相同,但是韻母卻爲尾韻,兩字也僅韻母
上的不同。又若屬志韻的「餌」:

　　　餌,二。【703-2-19,胠篋 59,總數 874】

餌字聲母爲日,聲調去聲,是開口三等字。後之直音「二」在聲母及聲調、開
合等第上與「餌」並無不同。但「二」字韻母是至韻,和「餌」字志韻有些許
不同。

（二）蟹　攝

蟹攝當中韻母的變化數量僅次於止攝，共有 21 個例子。這些例子最多的是隊韻的變化，共有 6 個例子。次之為齊、代、霽、海韻，各有 3 例。後之灰、卦、駭韻各有一例。其分布情況如下表所示：

表 5-18　蟹攝韻母變化

韻　攝	蟹攝							
韻　母	平		上		去			
	齊	灰	海	駭	隊	代	霽	卦
數　量	3	1	3	1	6	3	3	1
	4		4		13			
合　計	21							

由上表可看出蟹攝韻母變化的例子並非如止攝一般集中在幾個韻母上，而是呈現較平均的分布。「隊」韻的例子稍多，共有 6 個例子，其中「悖，倍」出現三次：

　　耒，力兌切。【703-2-8，胠篋 12，總數 827】

　　憒，繪。【702-2-19，大宗師 123，總數 639】

　　潰，繪。【702-2-18，大宗師 118，總數 634】

　　悖，倍。【703-3-1，胠篋 69，總數 884】［註21］

第一個例子前字「耒」是力軌切，韻母為隊，但後之標音力兌切在聲母上與之心同，韻母卻是泰韻。

第二個例子與第三個例子雖前字不同，但同屬匣母隊韻，為去聲合口一等字。兩者之音皆以「繪」字注之。但「繪」雖在聲母、聲調與開合等第上與兩者前字相同，韻母上卻為泰韻而非隊韻。

第四個例子重複了三次，「悖」為並母字，隊韻，去聲合口一等字。可後之注音「倍」字聲母、等第與前字同，但韻母屬海韻，上聲且為開口。因此前字與後之直音字在韻母、聲調與開合上有所差異。

［註21］「悖，倍」還出現【703-3-8，在宥 13，總數 908】、【705-1-3，天運 66，總數 1219】。

其他韻母產生變化的情況，大多也是因爲同攝之中韻母互用所產生，如：

隸，例。【700-3-18，齊物 128，總數 236】

沴，例。【702-2-10，大宗師 85，總數 601】

戾，例。【704-2-16，天道 11，總數 1113】

三個例子都是使用「例」字作爲直音，「例」聲母爲來，屬祭韻字，是去聲開口三等字。例子中的三個前字雖然不同，但是聲母也都是來，韻母爲霽韻，去聲開口四等字。因此，三個例子的前字與標音上有韻母與等第上的差異。前字霽韻與直音祭韻雖不相同，但亦屬同一韻攝。又如：

態，太。【700-2-19，齊物 53，總數 161】

貸，太。【704-3-19，天運 49，總數 1202】

倪，五子切。【702-3-5，應帝王 2，總數 672】

駴，胡解切。【703-3-14，在宥 41，總數 936】

第一與第二例前字「態」與「貸」同爲透母字，屬代韻，爲去聲開口一等字。兩者的直音皆是「太」。「太」字雖在聲母、開合與等第上與前字「態」、「貸」兩者並無不同，但韻母方面「太」字爲泰韻字而非如前字是代韻。

第三與第四個例子使用反切作爲標音。「倪」爲疑母齊韻平聲開口四等字，《南華眞經直音》將其音標爲「五子切」，五子切在聲母上同樣是疑母，但韻母卻爲止韻。

「駴，胡解切」，「駴」在《廣韻》中反切爲侯楷切，聲母爲匣韻母則是駴，是上聲開口二等字。「胡解切」在聲母上與前字駴是相同的，但韻母是蟹與駴不同。

（三）其他韻攝

在前文已敘述佔《南華眞經直音》韻母變化大多數的止攝與蟹攝。其他韻攝韻母變化與前兩攝數量上有較大落差，因此將其他八個韻攝的韻母變化在此做介紹。以下將依序說明臻攝、遇攝、山攝韻母變化的相關例證：

臻攝中的韻母變化屬第三多，但在數量上與止攝及蟹攝相差較大，僅有七個例子，各韻母變化數量如下表：

表5-19　臻攝韻母變化

韻　攝	臻攝			
韻　母	上	上	入	入
	混	軫	質	術
數　量	3	2	1	1
	5		2	
合　計	7			

七個之中五個仍是以臻攝韻母之間的混用爲主，如：

菌，郡。【700-1-6，逍遙 21，總數 22】〔註22〕

沌，鈍。【702-3-16，應帝王 52，總數 722】〔註23〕

前字「菌」與後之直音「郡」兩字皆屬群母，且都是合口三等字。兩字的差別在韻母與聲調上。前字「菌」韻母爲軫韻，聲調是上聲；後者「郡」韻母則是問韻，聲調爲去聲。次例前字「沌」與直音「鈍」兩者亦在韻母有所差異，「沌」爲混韻字，「鈍」則是慁韻。又如：

泆，亦。【704-2-1，天地 62，總數 1048】

鷸，役。【704-2-12，天地 111，總數 1097】

以上兩個音注前字與後面的直音在聲母、聲調及開合等第上是相同的。兩個例子前字「泆」與「鷸」都是以母字，後面的直音「亦」與「役」也都是以母，聲調上則全部都是入聲字。開合口與等第方面，第一個例子的前後字都是開口三等字，第二個例子則是合口三等字。但在韻母上，兩個例子前字都屬臻攝字，「泆」韻母爲「質」，但直音「亦」的是屬梗攝的「昔」韻字。第二個例子「鷸」是臻攝「術」母字，但直音「役」則是梗攝的「昔」韻。兩個例子都是以梗攝字來作爲直音。

　　韻母變化當中，遇攝的例子有六個，分別是暮韻當中的三個，虞韻的兩個，語韻的一個。

〔註22〕　「菌，郡」還出現【700-2-20，齊物 54，總數 162】。

〔註23〕　「沌，鈍」還出現【704-1-4，在宥 82，總數 977】、【704-2-3，天地 73，總數 1059】。

表 5-20　遇攝韻母變化

韻　攝	遇攝		
韻　母	平	上	去
	虞	語	暮
數　量	2	1	3
合　計	6		

遇攝字韻母產生變化的情況，主要出現在「瓠」字與「芻」字：

瓠，戶郭切。【700-1-20，逍遙 80，總數 81】〔註24〕

瓠，戶。【700-1-19，逍遙 76，總數 77】

芻，初。【700-3-11，齊物 100，總數 208】〔註25〕

「瓠」字於《廣韻》當中標爲「胡誤切」，聲母爲匣，韻母暮，是去聲合口一等字。然而《南華眞經直音》中所標的兩個「瓠」字是標爲「戶郭切」，在聲母方面是相同的，但在韻母方面，「戶郭切」的韻母爲宕攝的「鐸」並非遇攝的「暮」。

第二個例子前字同樣是「瓠」字，但這次不採反切，是使用直音作爲其標音方式，然而其音注仍與前字有著些許的不同。直音「戶」字爲「侯古切」，在聲母、開合與等第上是與前字「瓠」相同。韻母方面，「戶」屬「姥」韻，與暮韻的「瓠」字在韻母上有所不同，但仍屬同一攝的韻母互用。

第三個「芻」，《南華眞經直音》標其音爲「初」。兩者在聲母、聲調及等第上是相同的。韻母方面，前字「芻」韻母是虞，但後之標音「初」則屬魚韻，雖韻母不同但未影響聲調，不過開合口卻有所不同，「芻」字爲虞韻字，因此爲合口字；「初」爲魚韻字，則是開口字。

除以上所討論的「瓠」字與「芻」字外，尚有一例「距」字：

距，具。【702-1-14，大宗師 15，總數 530】

「距」字與直音「具」都是群母字，但兩者韻母、聲調及開合口上皆不相同。「距」屬語韻上聲開口三等字，「具」則是遇韻去聲合口三等字。兩者韻母雖不同，但依舊是同攝韻母的混用。

〔註24〕　「瓠，戶郭切」還出現在【700-2-2，逍遙 92，總數 93】。

〔註25〕　「芻，初」還出現在【700-3-11，齊物 100，總數 208】。

　　韻攝變化當中，山攝變化總數排列第五。在曷、襉、屑、薛、獮韻中各有一個例子：

表 5-21　山攝韻母變化

韻　攝	山攝				
韻　母	上	去	入	入	入
	獮	襉	曷	屑	薛
數　量	1	1	1	1	1
	1	1	3		
合　計	5				

這五個例子前字與標音之韻母雖不相同，但是仍與前面幾個韻攝變化的情況相似，前字與後之標音韻母之所以相異，主要還是因爲同攝韻母之間的混用所造成。如：

　　幻，患。【701-3-19，德充符 28，總數 475】

　　踐，賤。【703-1-11，馬蹄 2，總數 764】

「幻」與直音「患」兩者在聲母、聲調及開合口與等第上皆相同，兩者僅在韻母有些許差異。「幻」字爲襉韻，「患」則是諫韻，兩者亦是同攝韻母的混用。再看第二個例子，前字「踐」與後者「賤」兩者都是從母字，且都爲開口三等，然而韻母方面，前面的「踐」韻母爲獮，「賤」的則屬線韻，同樣的也是使用同攝韻母的字來作爲標音的例子。

　　除了上述五個韻攝韻母變化數量較多之外，還有少數的例子分布在效、咸、梗、流、假五個攝當中。這些例子前字與後之標音韻母不同的原因仍是以同攝韻母混用所形成，如：

　　1. 僑，宵。【702-1-14，大宗師 16，總數 531】

　　2. 翹，祈堯切。【703-3-3，胠篋 76，總數 891】

　　3. 闔，合。【703-2-9，胠篋 15，總數 830】

　　4. 虻，泯。【701-2-20，人間世 88，總數 397】

　　5. 紂，宙。【701-2-4，人間世 26，總數 335】

第一與第二個例子是屬於效攝中蕭與宵韻兩者的混用。「闔」與「合」則是咸

攝中盍、合兩韻混用之例。「虻，氓」則是梗攝的例子，是庚韻與耕韻兩韻的
混用。最後則是流攝中有韻字「紂」使用同攝宥韻的「宙」來作爲標音的例
子。

　　若將韻母變化的數量從平、上、去、入的觀點來看，又可得下表：

表 5-22　韻母變化（依四聲排列）

韻　　攝		韻母變化數量				合計
		平聲	上聲	去聲	入聲	
陰聲韻	止攝	29	16	9	0	54
	蟹攝	4	4	13	0	21
	遇攝	2	1	3	0	6
	效攝	4	0	0	0	4
	流攝	2	1	0	0	3
陽聲韻	臻攝	0	5	0	2	7
	山攝	0	1	1	3	5
	咸攝	1	1	0	2	4
	梗攝	2	0	0	1	3
	假攝	0	0	1	0	1
合　　計		44	29	27	8	108

從上表可以很明顯的看出 108 個韻母變化的例子，數量大多是集中在平聲韻母
共有 44 個，且是以止攝當中的平聲韻母佔大多數有 29 個。平聲韻母變化也是
止攝四聲韻母變化當中最多者，且這些例子集中於支、之兩韻。這兩個韻的韻
字之所以產生韻母上變化較多，大都仍不脫止攝內韻母的混用。

　　上聲韻母變化的數量是僅次於平聲韻母的。上聲韻母的變化數量最多者仍
是在止攝當中，會有如此多的數量是因上聲韻母紙韻就有 14 個例子，這些例子
一樣是同攝韻母混用且同樣以上聲韻混用爲主，例子大多數也是使用《廣韻》
標明「同用」的「旨」、「止」韻母字作爲音注，因而造成韻母上的差異。

　　去聲韻母變化方面共有 27 個例子，是以蟹攝的去聲韻母字變化佔最多數，
計 13 例，變化情形依舊是不脫同攝韻母互注。

　　入聲韻母變化是其中最少者，僅有八個例子。例子會與其他平、上、去聲
韻母變化數量差異如此大，主要是因韻母變化數量最多的止攝與蟹攝。這兩個

韻攝都是陰聲韻。陰聲韻是不與入聲韻相配的，因入聲韻、陽聲韻都有輔音收尾，且各有個發音部位相對應的收尾，使它們在發音性質上很相近，所以陽聲韻會搭配入聲韻，但是陰聲韻是不搭配入聲韻的。所以《南華眞經直音》韻母變化中最多的止攝與蟹攝都是陰聲韻，因不搭配入聲韻所以導致入聲韻母變化數量不多的情況。

二、韻母演化

　　《南華眞經直音》中，有部分韻母的變化是來自於兩韻目之間「同用」。在《廣韻》各卷卷首的韻目之下，有些標有「同用」或者「獨用」。如：「東第一」下標明「獨用」；「支第五」下則是注明「脂之同用」。所謂的「獨用」即是此韻目之下的字不能與他韻相通。反之「同用」則是可以與其註明的特定韻目之字合而用之，也就是可以通押之意。關於特定韻目之間可以「合而用之」，最早見於〔唐〕封演《封氏聞見記》，其中提及：

> 隋朝陸法言與顏、魏諸公定南北音，撰爲《切韻》，凡一萬二千一百
> 五十八字，以爲文楷式；而「先」、「仙」、「刪」之類分爲別韻，屬
> 文之士共苦其苛細。國初，許敬宗等詳議，以其韻窄，奏合而用之，
> 法言所謂「欲廣文路，自可清濁皆通」者也。〔註26〕

文中所提因有些韻目之下韻字較少，文士於行文用韻時較不便，因此許敬宗等人主張窄韻合而用之。然而文中卻未提究竟是哪些韻可以通押。另外，王力於《漢語音韻》中說：

> 其實「奏合而用之」也一定有具體語音系統作爲標準，並不是看見
> 窄韻就把它合併到別的韻去，看見韻寬就不合併了。例如有韻夠窄
> 了，也不合併於蕭宵或豪，欣韻夠窄了，也不合併於文或眞；脂韻
> 夠寬了，反而跟支之合併。這種情況，除了根據實際語音系統外，
> 得不到其他解釋。〔註27〕

所以並不是窄韻就可以跟其他韻目通押，還是得看各韻的語音系統是否相近而

〔註26〕 張耕注評、〔唐〕封演著：《封氏聞見記》，北京：學苑出版社，2001 年 10 月，頁 28。

〔註27〕 王力：《漢語音韻》，北京：中華書局，2003 年 2 月，頁 54。

定。在《南華眞經直音》韻母變化當中，就有幾個是兩字韻母同用的情況：

1. 靡，美。【700-2-20，齊物論 55，總數 163】〔註28〕
2. 訾，子。【701-2-6，人間世 36，總數 345】
3. 軹，止。【702-2-21，大宗師 129，總數 645】
4. 豕，始。【702-3-15，應帝王 45，總數 715】
5. 胣，恥。【703-2-10，胠篋 18，總數 833】

在《廣韻》韻目「紙」下注明「旨、止」同用，代表紙、旨、止三韻可以互通。以上五個例子前字都屬止攝紙韻，第一例直音「美」是旨韻字，第二例「子」、第三例「止」、第四例「始」、第五例「恥」則都是止韻字，都是紙、旨、止三韻通用的例證。又如支、脂、之通用之例：

1. 疵，慈。【701-2-8，人間世 44，總數 353】〔註29〕
2. 畸，飢。【702-2-20，大宗師 126，總數 642】
3. 藜，梨。【700-2-6，逍遙 104，總數 105】
4. 姬，肌。【700-3-14，齊物 112，總數 220】〔註30〕
5. 頤，夷。【702-2-10，大宗師 83，總數 599】
6. 狸，梨。【704-1-16，天地 42，總數 1028】

第一與第二例前字都屬支韻，但第一例直音「慈」屬之韻，第二例直音「飢」則是脂韻。下面的第三至第六個例子前字則都是之韻，後面直音梨、肌、夷則都是脂韻。當然兩韻母通用的情況也不僅止於止攝字，如「蟹攝」當中的例子：

駭，胡解切。【703-3-14，在宥 41，總數 936】

「駭」韻母是駭，「胡解切」韻母是蟹，蟹韻與駭韻兩者亦是同用。又如「效攝」：

1. 儵，宵。【702-1-14，大宗師 16，總數 531】

〔註28〕 「靡，美」還出現在【702-3-14，應帝王 41，總數 711】。

〔註29〕 「疵，慈」還出現在【703-3-8，在宥 16，總數 911】、【700-1-14，逍遙 55，總數 56】。

〔註30〕 「姬，肌」還出現在【700-3-20，齊物 136，總數 244】。

2. 翹，祈堯切。【703-3-3，胠篋 76，總數 891】

以上兩例是屬蕭與宵兩韻之間同用的例子。再者，咸攝的盍與合兩韻通用：

闔，合。【703-2-9，胠篋 15，總數 830】

由上述的例子可以發現韻目之間「通用」的情況造成韻母不同的例子並不少。就如前文所述王力所說：「這種情況，除了根據實際語音系統外，得不到其他解釋」，可以了解到韻目之間的合併並不是僅因有些韻目太窄所致，可能是其語音與鄰韻相當近似。所以賈善翔在《南華眞經直音》當中，為許多字所作的直音有時並不是同一韻目的字，是使用「同用」韻目中的韻字，而這也可能是韻目逐漸朝著韻攝發展的過程。

從韻母產生變化的現象可發現其變化的大方向是以韻攝間韻母相互混用為主。如此的現象並非是無跡可循。語音演化的過程中，也是從韻目逐漸朝著韻攝合併的情況邁進，這種變化也大致產生於《南華眞經直音》產生的時代－宋代。因此韻目合併的情況其實不僅見於本研究文本《南華眞經直音》，這種現象也同時出現在當時代的韻書之中。如：宋代之韻書《九經直音》，其中也有「支脂之微祭廢各韻的併合」、「魚虞混用」、「刪山的合併」等的現象產生。〔註 31〕就如《南華眞經直音》止攝字韻母變化佔了《南華眞經直音》韻母變化中的 54 例，但這 54 例韻母多數是因同攝韻母互用所產生。如：

1. 跮，值。【703-2-1，馬蹄 32，總數 794】

2. 恑，鬼。【700-3-2，齊物 65，總數 173】

3. 詭，鬼。【700-3-21，齊物論 142，總數 250】

4. 踦，幾。【701-1-4，養生主 8，總數 274】

第一例是紙韻與志韻的混用，前字「跮」同為紙韻字，標音「值」為志韻。第二個例子「恑」是紙韻字，直音「鬼」是尾韻。第三個例子也是同樣的情況，前字「詭」同樣是紙韻，後面的標音依舊是用尾韻的「鬼」字。第四個「踦」字同樣是紙韻字，後面同樣使用尾韻的「幾」字作為其直音。這些皆是止攝韻母變化中，使用同攝韻母作為標音的情況，與《九經直音》中「支脂之微祭廢各韻的併合」具同樣的韻母演化特色。

〔註31〕同註7，，頁 411。

《南華眞經直音》中「魚虞混用」的例子，如：

　　芻，初。【700-3-11，齊物 100，總數 208】

前字「芻」韻母是虞，但後之標音「初」則屬魚韻，兩者韻母雖不同，但依舊是同攝韻母的混用。「刪山的合併」相關例證，如：

　　幻，患。【701-3-19，德充符 28，總數 475】

「幻」字爲襇韻，「患」則是諫韻，兩者亦是同攝韻母的混用。

　　此外，又如：

　　1. 態，太。【700-2-19，齊物 53，總數 161】

　　2. 貸，太。【704-3-19，天運 49，總數 1202】

第一與第二例前字「態」與「貸」同爲透母字，屬代韻，爲去聲開口一等字。兩者的直音皆是「太」。「太」字雖在聲母、開合與等第上與前字「態」、「貸」兩者並無不同，但韻母方面「太」字爲泰韻字而非如前字是代韻。這與《九經直音》「咍灰泰合併」的韻母變化亦相同。

　　除了同爲宋代的韻書有韻目漸朝韻攝合併的情況外，從宋代詩詞的用韻情況切入，亦可以得到同樣的結果，如：北宋「支、脂、之、微、祭、廢、齊」七韻通用、宋代「魚、虞、模」和「尤、侯」的唇音可以相押韻、宋代的「庚、耕、清、青、蒸、登」諸韻已混用無別，同樣也可以發現同攝韻母混用之現象。〔註32〕由宋代韻書及宋代詩詞用韻來看，韻目合併爲韻攝已是當代語音的一大特色，也是重要的語音演化過程，《南華眞經直音》的韻母亦呈現出此特點。

　　韻目朝韻攝發展的現象亦是一種語音史上的大趨勢，據彭金祥〈四川方音在宋代以後的發展〉〔註33〕中以四川作家作品作爲文本分析其語音特色，分析結果顯示四川方言韻部亦逐漸減少，漸合併成語音發展的主要形式，亦明確指出四川方音在宋代時韻攝內部韻目混用。其內容談及「支部」時亦說「這一部包括止攝諸韻和蟹攝的齊祭等韻，韻字和韻例都比較多」，代表止攝中的韻母已經合併，蟹攝中的韻母也朝向韻攝前進，也因止攝與蟹攝兩者同

〔註32〕　同註 7，，頁 411、438。

〔註33〕　彭金祥：〈四川方音在宋代以後的發展〉，樂山師範學院學報，第 21 卷第 3 期，2006年 3 月，頁 50～54。

有〔i〕，使得兩攝漸合併，而且這類的例子也較多。《南華眞經直音》中除了前述已有韻目合併爲韻攝的現象與此說相吻合之外，亦有止蟹兩攝漸趨歸併的情況：

倪，五子切。【702-3-5，應帝王2，總數672】

「倪」爲疑母齊韻平聲開口四等字，《南華眞經直音》將其音標爲「五子切」，五子切在聲母上同樣是疑母，但韻母卻爲止韻。很明顯的這個例子即是止攝與蟹攝混用，雖然這樣的例子在《南華眞經直音》中並不多見，但這亦可能代表的是止攝與蟹攝兩攝漸趨歸併的萌芽階段。止攝與蟹攝的韻母產生變化的例子同樣是《南華眞經直音》中數量最多者，如此正與〈四川方音在宋代以後的發展〉所歸類出的宋代四川方音特色遙相呼應。如此可看出《南華眞經直音》中韻目漸走向韻攝的過程，甚至止攝與韻攝間的逐漸合併都是與宋代的語音演化現象相同。當代四川方音的演化也是朝著這個大趨勢邁進，但特殊的一點是分析結果顯示這演化過程中，止攝與蟹攝的韻字和韻例都較其他韻攝的字來得多，《南華眞經直音》同樣也是如此的情況。

第六章 《南華眞經直音》聲調開合等第綜合討論

第六章共分四節。第一節分析《南華眞經直音》聲調產生變化之現象。第二節則是敘述開合等第之變化。第三節爲綜合音變現象討論。第四節則是將五六章所討論《南華眞經直音》語音上的音變現象與宋代語音特色相比較，以觀察其變化。

第一節 聲 調

在《南華眞經直音》中前字與後之標音聲調不符之情況共計 26 例，如下圖所示：

表 6-1 聲調變化

聲調變化	數 量		合 計
平→上	1		
平→去	1	4	
平→入	2		
上→平	2	15	26
上→去	13		
去→上	5	7	
去→入	2		

聲調變化中，以前字爲上聲字，後者卻使用去聲字爲之標音的例子最多，共有 13 例之多，其中扣除五例重複者，共有八個相關例子，如：

1. 殆，大。【701-1-3，養生主 2，總數 268】
2. 沌，鈍。【704-2-3，天地 73，總數 1059】
3. 怠，代。【704-3-12，天運 16，總數 1169】
4. 紂，宙。【701-2-4，人間世 26，總數 335】
5. 踶，値。【703-2-1，馬蹄 32，總數 794】
6. 菌，郡。【700-1-6，逍遙 21，總數 22】
7. 距，具。【702-1-14，大宗師 15，總數 530】
8. 踐，賤。【703-1-11，馬蹄 2，總數 764】

第一個例子「殆」使用「大」爲其直音，兩者同樣屬定母、開合及等第上相同，但前字「殆」爲上聲，直音「大」卻爲去聲。第二個例子的被注字是混韻，注字韻母爲慁韻，也是去聲。第三個例子「怠」韻母爲海，注字「代」韻母是代韻亦去聲。

第四個例子被注字「紂」有韻除柳切，屬澄母。直音「宙」則爲宥韻直祐切，同屬澄母，但爲去聲。第五個例子被注字「踶」是紙韻字，注字「値」則是志韻。

第六個例子「菌」字與「郡」兩字聲母皆屬群母，開合口等第皆相同，但前字「菌」爲上聲，直音「郡」則是去聲。第七個例子被注字韻母「語」但是後面的注字「具」韻母是遇韻屬去聲。第八個「踐」韻母「獮」，注字「賤」韻母則是「線」亦爲去聲韻。以上八個例子被注字與後之標音在聲母上皆相同，但在韻母及聲調上就有所差異。

八例前字與標音之聲韻母以及聲調如下表所示：

表 6-2　「上聲轉去」韻調比較表

編號	前字	聲母	韻母	聲調	後字	聲母	韻母	聲調
1	殆	定	海	上	大	定	泰	去
2	沌	定	混	上	鈍	定	慁	去
3	怠	定	海	上	代	定	代	去

4	紂	澄	有	上	宙	澄	宥	去
5	踶	澄	紙	上	值	澄	志	去
6	菌	羣	軫	上	郡	羣	問	去
7	距	羣	語	上	具	羣	遇	去
8	踐	從	獮	上	賤	從	線	去

以上八個例子加上重複的五個例子，合計13個例子在聲調上都是由本來的上聲轉變爲去聲，在《南華眞經直音》聲調變化中佔了大多數，會有如此的現象亦非偶然。中古的全濁聲母往往會使得聲調產生變化，是一種弱化的現象。這類聲母有唇音的並、奉，舌音的定、澄，牙音的群，齒音的床、禪、從、邪，還有喉音的匣。對照以上13例即可發現，這13例其前字聲母皆是全濁聲母，聲調皆是上聲。第一至第三例都是定母聲調產生變化的例子，第四與第五例是同爲牙音聲母的「澄母」，韻母及聲調產生變化的情況。第六與第七個例子則是牙音聲母「群母」影響了韻調的情況。

透過上表來看，很明顯的這13個例子前字與後面的標音在聲母上沒有產生任何的變化，但是在聲調上就有相當的區別，透過表格中聲母與聲調上的對照，就可以了解聲調之所以產生變化，就是來自於「濁上歸去」全濁聲母上生字轉變爲去聲的聲調演化規則。

除了上述八個例子使用去聲字作爲上聲字的直音，還有五個例子是去聲字使用上聲字作爲標音的情況同樣有「濁上歸去」的現象，刪去「悖，倍」重複的兩個例子後，有三個例子：

1. 悖，倍。【703-3-1，胠篋69，總數884】〔註1〕

2. 畏，委。【700-2-10，齊物論14，總數121】

3. 瓠，戶。【700-1-19，逍遙遊76，總數77】

第一個例子被注字與注字都屬並母，但被注字是隊韻去聲，注字「倍」則是海韻上聲。第二個例子「畏」與「委」則都屬喉音聲母影母字，不過被注字「畏」是去聲未韻，注字「委」則是上聲紙韻。第三個例子「瓠」及「戶」是喉音聲母匣母字，「瓠」字韻母爲去聲暮韻，「戶」則是上聲姥韻。

〔註1〕「悖，倍」還出現在【703-3-8，在宥13，總數908】、【705-1-3，天運66，總數1219】。

表6-3 「去聲轉上」韻調比較表

被注字	聲母	韻母	聲調	注字	聲母	韻母	聲調
悖	並	隊	去	倍	並	海	上
畏	影	未	去	委	影	紙	上
瓠	匣	暮	去	戶	匣	姥	上

「悖，倍」被注字與後之標音聲母皆是全濁聲母「並」。「悖」爲去聲隊韻，「倍」卻是上聲海韻。由此可見「倍」字已受「濁上歸去」影響，改變其聲調轉爲去聲與「悖」字相同。第二個例子也可看見「委」字已改變其聲調變爲去聲。第三例前後字的聲母一樣是全濁聲母「匣」，是以上聲姥韻的「戶」作爲去聲暮韻「瓠」之直音，可知「戶」的讀音已經因全濁聲母產生改變，不再讀爲上聲，而是與前字「瓠」相同讀作去聲。

上述大量聲調產生變化的例子主要是因「濁上歸去」形成的語音演化現象。另外有三個例子聲調上的變化有可能是來自形聲偏旁的誤讀：

黔，紺。【705-1-2，天運59，總數1212】

「黔」字屬群母字鹽韻平聲開口三等字，直音「紺」屬見母覃韻去聲開口一等字。兩者在僅在開口呼方面相同。但如果找尋「紺」字偏旁同爲「甘」者，如：鉗、拑、黚等字，這些字在聲母、韻母及開合等第方面皆是與前字「黔」相同，因此推測作者賈善翔在音注的同時，可能將「紺」字讀爲偏旁等同的鉗、拑、黚等字，才會以「紺」字作爲「黔」字之字音。以「甘」作爲右邊偏旁的形似字與聲、韻、調上的比較如下表：

表6-4 「甘」字偏旁形似字讀音比較表

例字	聲母	韻母	聲調
黔	羣	鹽	平
紺	見	覃	去
鉗拑黚	羣	鹽	平

從表中來看，以「甘」字爲右偏旁的字「鉗」、「拑」、「黚」等字在聲母、韻母及聲調上都是與《南華眞經直音》中的前字「黔」是一模一樣的，然而僅有其後面的直音「紺」字與其不同，因此推測作者應將「紺」錯讀與「鉗」、「拑」、「黚」同樣讀音，認爲其應屬羣母字鹽韻且爲平聲字。

又如：

靡，眉【703-2-10，胠篋 19，總數 834】

找尋「靡」字相關形似字有「糜」、「麾」、「縻」，聲韻母及聲調如下表：

表 6-5 「麻」字偏旁形似字讀音比較表

例字	聲母	韻母	聲調
靡	明	紙	上
眉	明	脂	平
糜縻	明	支	平
麾	明	紙	上

「靡」字形似字皆屬明母字，但在韻母及聲調上則有些許的差異，韻母一樣同屬止攝，聲調上則有平聲與上聲。因此，推測作者在標「靡」字字音時，可能以爲其是平聲字，與「糜」及「縻」同讀平聲，才會使用平聲的「眉」作爲讀音，因而導致聲調及韻母上的差異。此外，尚有：

髀，卑【701-3-125，人間世 127，總數 436】

「髀」與「卑」兩字皆有「卑」，但是兩字讀音並不相同。「髀」是上聲字，但是直音「卑」卻是平聲字。若從形聲偏旁的觀點來看，找尋以「卑」字作爲偏旁的形似字「埤」、「碑」、「裨」、「俾」、「椑」、「婢」、「稗」等字之聲韻母及聲調情況如下：

表 6-6 「卑」字偏旁形似字讀音比較表

例字	聲母	韻母	聲調
髀	幫	紙	上
卑	幫	支	平
埤	並	支	平
碑裨椑	幫	支	平
俾	幫	紙	上
婢	並	紙	上
稗	並	卦	去

從上表中可以看出以「卑」作爲偏旁的字除「稗」字屬蟹攝字爲去聲之外，其

他的形似字都是止攝字，聲調上則分布在平聲與上聲之中。所以作者在標音的同時，可能將前字「髀」讀爲平聲字，又或者將「卑」讀爲上聲字，才會出現以上聲標平聲字音，導致前後兩者聲調不同的情況產生。

　　聲調的變化大多原因是因語音演化「全濁上聲歸去聲」而產生，又或者是作者賈善翔因形聲偏旁相似而誤讀的情況所致。另外，剩下幾個聲調產生變化的例子也有可能是因作者的誤讀：

　　　　謳，烏俠切。【702-2-9，大宗師 78，總數 594】

　　　　兜，丁俠切。【703-3-13，在宥 37，總數 932】

第一例「謳」與反切「烏俠切」兩者在聲母上完全相同，同屬影母。但韻母方面，「謳」韻母是侯，「烏俠切」韻母是帖。聲調上，前字是平聲，後之反切則是代表入聲。第二個例子「兜」與反切「丁俠切」聲母上也是一樣的，都屬端母。韻母方面，「兜」字韻母也是侯，但是「丁俠切」韻母是帖。所以聲調上受韻母影響，前字是平聲，後者則是入聲。

　　透過這兩個例子比較可以發現到，兩個例子所要標音的對象並不同。共同點是前字都屬侯韻字，後面的反切跟前字韻母上並沒有任何的差異，但是兩侯韻字卻都使用帖韻的「俠」來作爲韻母，兩者聲調上也因此而有所不同。這兩個例子前字與後之標音韻母及聲調變化上是完全相同的，所以推測作者可能將「俠」字誤作平聲且讀音與侯韻相似。

第二節　開合等第

　　第二節開合等第，內容探討《南華眞經直音》中前字與後面標音在開合口或者等第有所差異的語料。第一部分先描述《南華眞經直音》中，開合或等第產生變化的例子，第二部分再深入討論造成差異的原因。

一、開合等第分析

　　本節內容分爲兩部分，分別針對《南華眞經直音》中前字與後之標音在開合及等第上不同的情況加以討論分析。首先，先看一下前字與標音在開合口不同的部分，透過語音分析之後可知開合口不同有 10 個例子：

表6-7　開合變化

開合變化	數　量	合　計
由開變合	2	10
由合變開	8	

　　由開口變成合口，也就是以合口字作爲開口字標音的例子有兩個例子：

　　　距，具。【702-1-14，大宗師 15，總數 530】

　　　鑿，鑊。【702-2-1，大宗師 44，總數 559】

以上兩個例子都是以合口字作爲開口字音注。前字「距」與「鑿」都是開口字，但是在《南華眞經直音》中卻使用合口字的「具」及「鑊」分別作爲其標音。

　　以開口字作爲合口字音注的例子稍多，有八個例子：

　　　悖，倍。【703-3-1，胠篋 69，總數 884】〔註2〕

　　　矞，初。【700-3-11，齊物 100，總數 208】〔註3〕

　　　瓠，戶郭切。【700-1-20，逍遙遊 80，總數 81】〔註4〕

　　　扃，古營切。【703-2-5，胠篋 5，總數 820】

前字「悖」、「矞」、「瓠」、「扃」都是合口字，但是後面的標音「倍」、「初」、「戶郭切」、「古營切」皆是開口，因此造成前字與後面標音兩者開合口相異的情況產生。

　　被注字與標音在等第上不同的情況有 18 個，以洪細之間變化作爲區分標準，結果如下表：

表6-8　等第變化

洪細變化	等第變化	數　量		合　計
由洪變細	1→3	1	4	18
	1→4	2		
	2→3	1		

〔註2〕　「悖，倍」還出現在【703-3-8，在宥 13，總數 908】，【705-1-3，天運 66，總數 1219】。

〔註3〕　「矞，初」還出現在【704-3-13，天運 23，總數 1176】。

〔註4〕　「瓠，戶郭切」還出現在【700-2-2，逍遙遊 92，總數 93】。

	3→1	2		
由細變洪	4→1	1	4	
	4→2	1		
細音間的變化	3→4	2		
	4→3	8	10	

　　一等、二等洪音字以三等或四等細音字來作爲音注的情況，由上表可看出在等第方面有三種變化，共有四個例子，先看一下一等字以細音作爲音注的例子：

　　1. 薶，泄。【703-2-1，馬蹄31，總數793】

　　2. 謳，烏俠切。【702-2-78，大宗師78，總數594】

　　3. 兜，丁俠切。【703-3-13，在宥37，總數932】

前字「薶」、「謳」與「兜」都是一等開口字，但是第一個例子的標音「泄」卻是開口三等字。第二個例子後面的「烏俠切」及「丁俠切」代表的都是四等。另外，洪音變成細音的例子又如：

　　謷，邀。【702-1-17，大宗師28，總數543】

前面的「謷」是開口二等字，可是直音「邀」則是開口三等字，同樣是洪音字以細音作爲標音的例子。

　　細音字以洪音字作爲標音的例子同樣也有四個，先看三等字以洪音作爲標音的情況：

　　黔，紺。【705-1-2，天運59，總數1212】

　　桀，蝎。【701-2-4，人間世25，總數334】

「黔」與「桀」都是開口三等字，但是直音「紺」、「蝎」都是開口一等字，皆是以細音以洪音來作爲音注的例子。《南華眞經直音》當中除了有三等細音字以洪音一等字作音注的相關例子，同樣以洪音注細音的情況在四等字的變化上亦有兩例：

　　嗛，苦草切。【700-3-6，齊物論81，總數189】

　　倪，五佳切。【703-2-3，馬蹄43，總數805】

「嗛」是開口四等字，後面的音注「苦草切」聲母「溪」韻母爲「晧」，所以

代表的是一等字。以「「苦草切」」一等注四等的「嗛」即是以洪音注細音。
第二個「倪」一樣是開口四等字,「五佳切」聲母「疑」韻母「佳」代表是二
等字屬洪音,因此同樣是以洪音作爲細音的音注。

　　若是單純洪音或細音內部互混的情況,則有 10 個例子,這 10 個例子都
是細音內部互混的情形,數量較多的是四等字以三等字作爲音注的例子,總
共有 8 個例子:

　　　　1. 鱉,鷩。【703-1-17,馬蹄 30,總數 792】

　　　　2. 隸,例。【700-3-18,齊物論 128,總數 236】

　　　　3. 批,篇。【701-1-6,養生主 14,總數 280】

　　　　4. 翛,霄。【702-1-14,大宗師 16,總數 531】

　　　　5. 沴,例。【702-2-10,大宗師 85,總數 601】

　　　　6. 戾,例。【704-2-16,天道 11,總數 1113】

　　　　7. 倪,五子切。【702-3-5,應帝王 2,總數 672】

　　　　8. 扃,古營切。【703-2-5,胠篋 5,總數 820】

以上例子聲母方面除了第一個例子之外,其他前字與後面標音的聲母都是相
同的,韻母的狀況也是以同攝韻母混用佔多數,但也因爲韻母上的差異而有
等第上的不同,形成前字皆是三等字,但是後之標音卻是四等字的情況產生。

二、開合等第的演化

　　《南華眞經直音》在開合口及等第變化上的數量上是比較少的。但這數量
極少的語料之所以產生變化依舊離不開韻母之間的同用、同攝韻母之間的混
用。開合因韻母混用產生變化的例子,如:

表 6-9　　同攝韻母混用影響開合變化表

前字	韻母	開合	後字	韻母	開合	出處
距	語	開	具	遇	合	【702-1-14,大宗師 15,總數 530】
翍	虞	合	初	魚	開	【700-3-11,齊物論 100,總數 208】 【704-3-13,天運 23,總數 1176】

　　第一個「距」字群母屬語韻是上聲開口字,但因受「全濁聲母上聲歸去

聲」的影響，使得其標音使用同屬群母但爲遇韻去聲的合口字「具」作爲直音。因此，兩字的韻母是同攝韻母的轉換，也間接導致了開合上的差異。

第二個「貙」與直音「初」兩字開合上的不同是來自於兩者韻母的差異，虞韻的「貙」是合口字，但魚韻的「初」是開口字。兩者也是因同攝韻母的混用而使得開合口有所差別。

另外，又如：

悖，倍【703-3-1，胠篋 69，總數 884】

悖字聲母爲全濁聲母並，屬隊韻去聲合口字。倍字則同爲全濁聲母並母，但爲海韻上聲開口字。「悖」與「倍」之間有所聯結，是因倍字全濁上聲歸去聲的變化，使得韻母產生了改變。且灰賄隊三個韻目與咍海代是同用的關係，所以在此兩字不僅受「全濁上聲歸去聲」的演化現象，兩字之間還有使用同用韻母的關係。但灰賄隊韻與咍海代韻雖同用，但開合卻不相同。灰賄隊屬合口字，咍海代是開口，同用韻母的結果也形成開合上的不同。

等第之間的變化，主要來自於韻母之間的同用導致，如：

表 6-10　韻母同用影響等第變化表

編號	前字	韻母	等第	後字	韻母	等第	出　　處
1	蹩	屑	四	鷩	薛	三	【703-1-17，馬蹄 30，總數 792】
2	隸	霽	四	例	祭	三	【700-3-18，齊物論 128，總數 236】
3	沴	霽	四	例	祭	三	【702-2-10，大宗師 85，總數 601】
4	戾	霽	四	例	祭	三	【704-2-18，天道 11，總數 1113】
5	儵	蕭	四	霄	宵	三	【702-1-14，大宗師 16，總數 531】

例子一前字「蹩」是屑韻，直音「鷩」則是薛韻。雖兩韻母不同，但《廣韻》在屑韻之下標明與「薛」同用，但此兩韻雖同用卻屬不同等第。屑韻是四等字，薛韻則是三等。因此第一個例子前字「蹩」使用同用薛韻字「鷩」來標音，兩者之間就有等第上的差異。

第二至第四個例子，前字「隸」、「沴」、「戾」都屬霽韻，三者後面都使用祭韻字「例」來作爲其直音。《廣韻》之中在霽韻之下注明與祭韻同用，但霽字是四等，祭則是三等，所以這三個例子同樣是因前後字韻母通用，而等第上亦隨之而異的例證。

　　第五個例子則屬「蕭」與「宵」兩韻之間同用的情況。蕭韻的「儵」使用同用韻宵韻的「霄」字作為直音，但蕭韻是四等，宵韻卻是三等。雖前後字韻母上有同用的關係，但等第上仍有所區別。

　　等第的變化有少數則是來自同攝韻母混用所致：

表 6-11　　同攝韻母混用影響等第變化表

前字	韻母	等第	後字	韻母	等第	出　　　處
夔	曷	一	泄	薛	三	【703-2-1，馬蹄 31，總數 793】
警	肴	二	邀	宵	三	【702-1-17，大宗師 28，總數 543】
桀	薛	三	蝎	曷	一	【701-2-25，人間世 25，總數 334】

　　第一個屬曷韻的「夔」字使用同攝韻母薛韻的「泄」作為直音，曷韻與薛韻兩者雖是同韻攝，但曷韻是一等，薛韻卻是二等，所以「夔」、「泄」兩字在等第上有所差別。

　　第二個例子則是同攝韻母「肴」韻與「宵」韻的混用。「警」屬肴韻，是二等字；「邀」則是宵韻，是三等字。也同樣是同攝韻母混用所形成等第上的不同。

　　第三個薛韻「桀」同樣也是使用同韻攝曷韻的「蝎」作為直音。但兩個韻目的等第並不相同，薛韻是三等，曷韻是一等，因此造成「桀」與「蝎」等第有所差異。

第三節　綜合音變現象討論

　　《南華真經直音》許多音變現象的形成，並不僅僅是單純因聲母、韻母、聲調或者開合、等第之間的單一變化。很多例子可能是因其中的聲母、韻母或其它因素而導致一連串的變化。前文所論述的內容，大多是從單一面向聲母、韻母、聲調、開合及等第來觀察。但分析的過程中，可以發現到音韻的轉變是牽一髮而動全身，許多音變現象的產生須從整體面來看，並不能僅針對其中一個因素來加以解說。所以第三節是以較宏觀的角度來討論這些產生音變的例子。本節分別從三個主要導致《南華真經直音》音變現象產生的主要因素作切入：第一、濁上歸去之影響；第二、韻目混用走向韻攝；第三形聲偏旁之影響。以下分別列述之。

一、濁上歸去之影響

「全濁上聲歸去聲」使得整個音變現象啟動的關鍵就是因全濁聲母，最終的反應現象是在聲調由上聲變成去聲上面。在聲調變化現象分析的時候，就可以發現《南華真經直音》聲調產生變化大量出現在由上聲變化成去聲的語料上，也就是全濁上聲字使用聲母完全相同，但是聲調上是去聲的字來作為標音。再次從下表來看濁上歸去的變化：

表6-12　「濁上歸去」影響韻、調表

前字	聲母	韻母	聲調	後字	聲母	韻母	聲調
菌	羣	軫	上	郡	羣	問	去
殆	定	海	上	大	定	泰	去
跱	澄	紙	上	值	澄	志	去
紂	澄	有	上	宙	澄	宥	去
踐	從	獮	上	賤	從	線	去
沌	定	混	上	鈍	定	慁	去
怠	定	海	上	代	定	代	去
瓠	匣	暮	去	戶	匣	姥	上

上表中灰底處是前字與後字不同之處。可以發現到全濁聲母的影響不僅僅導致聲調上的差異，還有韻母上的改變。

前字與標音韻母上的差異就是來自於聲調的改變。所以音變現象是由全濁聲母而起，影響到上聲字變成去聲字，即是聲調上的改變，但聲調上有所變化也必定牽動韻母的反應，就如上圖中前後字的韻母必定不一樣。但是這些韻母也並非是毫無規則的隨意變化，對照以上十個例子前後字的韻母，所有例子前後字的韻母必定屬同一韻攝，可以知道這些韻母並非是自發性的變化，而是由「濁上歸去」的原因而有所變動，韻母也都是同攝韻母混用為主。又如方框框起的「紂」與「宙」、「踐」與「賤」、「沌」與「鈍」、「怠」與「代」、「瓠」與「戶」，前字與後字的韻母更僅是相同韻母類型的上聲韻母轉變為去聲韻母，又或者是同類型的去聲韻母轉變為上聲韻母，韻母變化幅度相當小。

大部分的韻母變化並沒有造成前字與標音上有開合與等第上的差異，但仍有兩個例子在開合上有所變化：

表6-13　「濁上歸去」影響韻、調、開合表

前字	聲母	韻母	聲調	開合	後字	聲母	韻母	聲調	開合
距	羣	語	上	開	具	羣	遇	去	合
悖	並	隊	去	合	倍	並	海	上	開

　　「距，具」兩字韻母上也同樣是同攝混用，但是語韻是開口字，遇韻卻是合口字。又像「悖，倍」，兩字韻母也是同攝，且灰賄隊三韻目各別與咍海代三韻目同用，雖如此但兩類型的開合口並不相同，所以一樣造成前後字有開合口上面的差異。

　　綜合以上所論，全濁聲母對上聲字的影響，除了使其聲調上有所變化，從本來的上聲轉變爲去聲之外，還有同時牽動韻母的變化，韻母隨著聲調的轉變而將原來的上聲韻母變成同攝的的去聲韻母，這也正與前一章韻母變化現象「同攝韻母混用」相互呼應。此外，有時因韻母受到影響進而使得開合口產生改變，雖然數量並不多，但仍就是受「濁上歸去」影響的明證。

二、韻目混用之影響

　　「韻目間混用走向韻攝」這是《南華眞經直音》韻母變化的主要特色，但是韻目之間的混用不僅僅是影響到韻母本身的變化，連帶的也會使其開合及等第產生差異。在前文聲調討論上，可以看出《南華眞經直音》聲調上產生的演變的 27 個例子有 18 個是因「濁上歸去」而有聲調上的變化，其他的例子有可能是形聲偏旁的誤讀，並非是直接受到韻母的影響而造成聲調上的轉變。所以「濁上歸去」的例子與形聲偏旁誤讀的情況同樣可以看出韻目走向韻攝的過程，但卻非直接是因爲韻母改變而導致的結果。在《南華眞經直音》當中，韻目混用影響最大的應屬開合及等第上的變化：

表6-14　「韻目混用」影響對照表

前字	韻母	聲調	開合	等第	後字	韻母	聲調	開合	等第
距	語	上	開	三	具	遇	去	合	三
翎	虞	平	合	三	初	魚	平	開	三
蔑	屑	入	開	四	鱉	薛	入	開	三
隸	霽	去	開	四	例	祭	去	開	三
渗	霽	去	開	四	例	祭	去	開	三

戾	霽	去	開	四	例	祭	去	開	三
儵	蕭	平	開	四	霄	宵	平	開	三
蠍	曷	入	開	一	泄	薛	入	開	三
警	肴	平	開	二	邀	宵	平	開	三
桀	薛	入	開	三	蝎	曷	入	開	一

上表中灰底處即表示前後字有所差異之處。第一例是比較特殊的，是因濁上歸去而有韻母及聲調上的變化，但「距」字韻母轉變爲去聲韻母並非是使用類型相同的同組去聲韻母御，而是使用遇韻的具字作爲直音，因而有開合口上面的差異形成。

第二例「芻」字是虞韻爲合口平聲三等字，直音使用魚韻平聲開口三等字的「初」。虞韻與魚韻雖同是平聲韻，但是開合口並不相同。《廣韻》之中標明魚語御三韻是獨用，即不得與其他韻合用。虞麌遇則各別與模姥暮同用，和魚語御之間並無同用的關係。在此兩個例子，卻都是虞麌遇與魚語御韻字互標的情形，即象徵著韻目走向韻攝的過程。

其他的例子並沒有韻母影響聲調上變化的情況產生，整體看可以看出《南華眞經直音》韻母的變化造成最大的影響是在等第上面。上表使用方框的字韻母之所以有所變化是因前字韻母與後之標音韻母有同用的關係，雖兩韻母的等第並不相同，可是兩者韻母相近，聲調及開合並沒有差別，僅在等第上面有所不同。

最後三個例子的情況，前字與後面標音的連結是同攝韻母之間的混用。這些韻母發音極爲相似，且聲調上亦沒有區別，僅有等第上的差異。

從《南華眞經直音》韻母變化的例子觀察，可以發現到其同攝韻母混用的情況相當明顯，即是第五章所提「韻目朝著韻攝發展」的過程。《南華眞經直音》中相近韻母合併成韻攝的同時，也可以發現到在開合口和等第觀念也在逐漸的崩壞。

三、形聲偏旁之影響

中國文字的構造方法「六書」當中，以形聲字數量最多，受到形聲偏旁的影響，許多有同樣偏旁的字讀音大多相同或相近，然而也有例外的例子。《南華眞經直音》當中，有幾個較爲特殊的例子，前字與後面標音在分析完聲母、韻

母或者聲調之後，差異性較大，且若將同偏旁的字拿來作比較，有些甚至會達到聲、韻、調、等完全吻合的情況。如上文所列「表 6-4『甘』字偏旁形似字讀音比較表」（頁 109）就顯示「黔」與直音「紺」在聲母、韻母、聲調上完全不同的情況，但若將「黔」與「甘」字偏旁的「鉗」、「拑」、「黚」相互對比，就可以得到聲母、韻母及聲調完全吻合的情況，因此才會判定這個例子會是作者賈善翔對「紺」字的誤讀所致。

又像：「表 6-5『麻』字偏旁形似字讀音比較表」（頁 110）的情況，前字「靡」與直音「眉」兩者有韻母及聲調上的差異。若將「麻」字偏旁的字列出，可以發現到「麻」字偏旁的形似字多出現在平聲及上聲，所以作者在此可能將「靡」字作平聲讀了。

此外，尚有「表 6-6「卑」字偏旁形似字讀音比較表」（頁 110）的情況也是偏旁的誤讀。「卑」字偏旁形似字聲母大多是幫或者並，韻母也集中在支韻或紙韻，聲調分布在平聲及上聲。所以造成作者將「髀」與「卑」誤以爲是同音的情況。

形聲偏旁的字在字音上常常是相同或者相似，像「紺」聲母見雖與其他「甘」字偏旁形似字的聲母羣不同，但是分音部位卻是相同的。韻母同樣也是如此，「紺」字韻母覃與鉗、拑、黚韻母鹽是同攝韻母。「麻」字偏旁形似字在聲母上則完全相同，韻母也是同爲止攝字紙或支。「卑」字偏旁形似字聲母有幫或者並，兩聲母亦同屬重脣音，韻母方面除「稗」是蟹攝韻母之外，其他都屬止攝韻母。聲調上則大多分布在平聲及上聲。

從這些誤讀的情況來看，可以發現到身爲道士而非文人的賈善翔在標音時，會受到形聲偏旁的誤導，造成前字與後字雖讀音相當接近，在聲母上前後字可能是同發音部位，在韻母可能是同攝混用的情況產生。

第四節　《南華眞經直音》語音演化與宋代語音之比較

第四節《南華眞經直音》語音演化與宋代語音之比較，內容是將前文所述《南華眞經直音》語音演化特色與宋代語音特色作對照。宋代語音的部分是以竺家寧《聲韻學》第十二講〈中古後期語音概述〉其中所提到的宋代語料《集韻》、《五音集韻》〔金〕、《禮部韻略》、《平水韻》、《古今韻會擧要》〔元〕、《九

經直音》、《聲音唱和圖》、《詩集傳》叶音等八本之語音特色及宋代詩詞的用韻來與《南華眞經直音》相互參照。

此外，因《南華眞經直音》作者賈善翔爲四川人，因此宋代四川方音亦需納入比較範圍之中。本文以劉曉南〈從歷史文獻看宋代四川方言〉〔註5〕、陳榮澤，高永鑫〈巴蜀方言語音研究綜述〉、彭金祥〈四川方音在宋代以後的發展〉、劉曉南，羅雪梅〈宋代四川詩人用韻及宋代通語音變若干問題〉、彭金祥，黎昌友〈宋代四川方言的韻部略論〉等五篇論文之中所歸結之宋代四川方言特色，與本研究所得之《南華眞經直音》語音特色相互比照，觀察《南華眞經直音》音變現象是否受宋代四川方音影響而致。

產生於北宋的《南華眞經直音》在語音變化上的數量並沒有相當多，全書 1233 條語料中僅有 127 例有產生變化，但這 127 例也並非是作者書寫錯誤所致，而是受當時代語音影響而形成的語音演化現象。下文將宋代、宋代四川方言、《南華眞經直音》三者語音特色相關處列出，並作相關分析比較。若宋代語音特色及宋代四川方言特色是《南華眞經直音》所無的，則文中不再討論。以下將從聲母、韻母及聲調方面來作相關論述。

一、聲　母

《南華眞經直音》聲母產生演化的現象僅 27 例，但是這 27 例當中最明顯的演化現象即是「濁音清化」，再者是「牙喉音互混」，另外還有三例語料是呈現非、敷、奉三者聲母混用的情況，是相當特殊的例子。以下將針對這三點，將《南華眞經直音》之聲母演化情況與宋代語音特色及宋代四川方音特色加以比較討論。

（一）濁音清化

首先，在聲母的部分，宋代聲母有濁音清化的現象。宋代三十六字母中，全濁聲母包含並、奉、定、澄、群、床、禪、從、邪、匣，共計十個。這些全濁聲母漸轉變爲發音時聲帶不振動的清音，即是所謂的「濁音清化」。

在竺家寧《聲韻學》第十二講中提到韻書有濁音清化的情況，分別是在

〔註5〕劉曉南：〈從歷史文獻看宋代四川方言〉，四川大學學報，155 期，2008 年，頁 36 ～45。

《皇極經世書》、《詩集傳》叶音、《九經直音》當中，以下將以此三者濁音清化之情況來與本研究文本《南華眞經直音》作比較：

表 6-15　宋代韻書與《南華真經直音》濁音清化比較

書　名	成書年代	濁　音　清　化　現　象
《皇極經世書》	1011～1077 年	濁塞音和濁塞擦音清化，濁擦音尚未清化
《南華眞經直音》	1086 年	濁塞音和濁塞擦音清化，濁擦音僅一例清化
《詩集傳》叶音	1177 年	濁音已清化
《九經直音》	1224 年以前	濁音已清化

從上表中可以發現，時代較早的《皇極經世書》在濁音清化還沒有相當明顯，其濁塞音和濁塞擦音清化，但濁擦音「曉、匣」、「非（敷）、奉」、「心、邪」、「審、禪」都尚未清化。

　　稍晚於《皇極經世書》的《南華眞經直音》亦有濁音清化的現象，不管在濁塞音、濁塞擦音都有濁音清化的例子，濁擦音清化的例子則僅有一例，顯示從《皇極經世書》到《南華眞經直音》出現的這段期間，濁音清化的現象可能已擴展至濁擦音。但是濁音清化的數量上依舊是偏少的的情況。在《南華眞經直音》1233 條語料當中，僅有 15 個濁音清化的例子。

　　濁音清化的情況到了後來的《詩集傳》叶音，或者是宋代的重要韻書《九經直音》都可以找到濁音清化的現象大量出現，是代表宋代聲母演化的特色。

　　從年代及聲母濁音清化的現象及數量來看，《南華眞經直音》應屬濁音清化的初期。雖較於《皇極經世書》在濁擦音也發生了濁音清化的現象，但就數量及比例上來說，依舊是相當少的。

（二）牙喉音互混

　　另外，《南華眞經直音》之中尚有牙喉音互混的情況。這樣的情形在竺家寧《聲韻學》第十二講〈中古後期語音概述〉中的韻書及宋代詩詞用韻中並未提及，但牙喉音互混的特色在《資治通鑑釋文》這部產生於南宋的音義之作可以找到相似的情況。根據陸華於〈《資治通鑑釋文》音切反映的宋代音系——聲類的討論〉當中所列《資治通鑑釋文》之語音特色第四點「牙音和喉音互混」所介紹，其中的例子如〔註6〕：

〔註6〕引自陸華〈《資治通鑑釋文》音切反映的宋代音系——聲類的討論〉。

	資治通鑑釋文			廣　　韻		
	反切	聲母	韻母	反切	聲母	韻母
寓	于矩切	云	麌	牛具切	疑	遇
匈	居太切	見	泰	許容切	曉	鍾
夏	格雅切	見	馬	胡雅切	匣	馬

第一個例子「寓」聲母是牙音疑，但是標音于矩切的聲母則是喉音云。第二個例子「匈」韻母是喉音曉，但反切聲母卻是牙音見。第三個「夏」字的情況是聲母是喉音匣，反切聲母卻是牙音見。因此以上三例都是牙喉音聲母混用的情況。

因此牙喉音互混並非是因作者本身賈善翔誤著所造成，而是具有宋代聲母演化之特色。

（三）非敷奉合一

「非、敷、奉」三母合一的現象產生於宋代，在《九經直音》與《詩集傳》叶音當中亦有例證。《九經直音》的例子如：

	廣韻聲母	《九經直音》標音（聲母）
膚	非母	音孚（敷母）
蜂	敷母	音風（非母）
費	敷母	音非去（非母）

《詩集傳》叶音中的情況又如：

	廣韻聲母	《詩集傳》叶音標音（聲母）
風	非母	孚音反（敷母）
幡	敷母	分邅反（非母）
腓	奉母	芳菲反（非母）

第一例「風」爲非母，標音「孚」聲母是敷。第二個例子「幡」聲母爲敷，但是標音分聲母則是非。第三個例子「腓」聲母奉，反切上字「芳」聲母敷。由此可見「非、敷、奉」三母合一的現象是宋代聲母的演化特色之一。《南華眞經直音》中就有一個是「非、敷、奉」三母互注的例子，數量雖少亦是不可忽視的聲母演化現象。

二、韻　母

　　韻母的演化過程不外乎就是從原本的韻目逐漸轉變爲韻攝。在《廣韻》當中雖多達 206 韻，但有些韻目之下就有標明與某韻同用，如：蕭與宵兩韻同用、庚與耕和清三韻同用，這表示《廣韻》的時代，同用的韻母沒有太大的區別，也似乎就象徵著特定韻目之間的界線似乎不再那麼明顯，同用韻的韻字是可以合而用之的。

　　宋代開始，同攝韻母逐漸合併的情況相當多，在《南華眞經直音》當中止攝與蟹攝變化數量較多，也是因同攝韻母混用爲主，因此以下將以此二攝韻母變化爲主，與宋代韻母合併狀況相互比較：

（一）支脂之微合併

　　《廣韻》之中支脂之三韻目之下標明三者是同用的關係，也就是三韻母的韻字是可以通押的情況，但是微母仍然是獨立而不與前三者同用。但在宋代某些語料當中可以找到支脂之微合併的情況，但某幾部作品還是呈現分立的狀態，情況如下表：

表 6-16　　宋代語料「支脂之微」合併情況

書　　名	成書年代	合　併　情　況
《禮部韻略》	1037 年	支微分立，無脂之
《皇極經世書》	1011-1077 年	止蟹二攝相混
《南華眞經直音》	1086 年	支脂之微合併
《詩集傳》叶音	1177 年	支脂之微齊祭廢合併
《五音集韻》	1212 年	脂支之合併，微另立
《九經直音》	1224 年以前	支脂之微祭廢合併
宋代詩詞用韻	960 年～1279 年	支脂之微齊祭廢合併

　　從上表可以看出最早的《禮部韻略》僅見支與微兩韻目，不見脂之，可見脂之已併入支，但很明顯的微韻還未與這三韻母合併。次之爲北宋邵雍的《皇極經世書》，其中的止蟹二攝已經合併，即表示微已併入支脂之，甚至連蟹攝的韻母也已與其合併。從《禮部韻略》產生到《皇極經世書》成書這段時間，最長也不過約 40 年左右，但是從原本的支脂之與微母分立，到後來止攝蟹攝合併，這發展過程相當快速，是《皇極經世書》相當特殊之處。

成書時間在《皇極經世書》之後的《南華眞經直音》在支脂之微韻母上已經合併，但是還沒有出現大量與蟹攝合併的例子。承繼第五章第三節所論，在《南華眞經直音》當中，止攝韻母變化數量相當多，這些情況皆是來自於同攝韻母支脂之微的混用，如：

表 6-17　《南華真經直音》支脂之微合併情況

前　字	韻　母	後　字	韻　母
疵	支	慈	之
恑	紙	鬼	尾
姬	之	肌	脂
譆	之	希	微

從表中可以看出《南華眞經直音》當中有相當明顯的支脂之微合併，與其後面所產生的韻書（除《五音集韻》外）在支脂之微合併上是相同的。可見支脂之微的合併在當時代已經產生，也是相當普遍的情況。然而晚於《南華眞經直音》近 90 年的《詩集傳》叶音除了支脂之微合併之外，也與蟹攝齊祭廢通押。在《南華眞經直音》之中，止攝與蟹攝韻母的混用只有兩個例子：

表 6-18　齊止二韻混用

前　字	韻　母	後　字	韻　母
蹊	齊	子	止
倪	齊	五子切	止

上面兩個例子都是齊韻字使用止韻字標音的例子。但這類蟹攝與止攝合併的例子相當少，語音產生變化的 128 例當中才有兩個例子，數量上相當稀少。因此，若要說在《南華眞經直音》之中已可見止攝與蟹攝的合併那也太過牽強。

成書於 1177 年的《詩集傳》叶音將支脂之微合併，甚至亦併入蟹攝的齊祭廢三韻。但後面的〔金〕韓道昭的《五音集韻》之中亦是將三韻放在一起，微韻仍是被屏除在外者，是相當特殊的情況。但到了《九經直音》之後，支脂之微不僅合併，甚至還納入了蟹攝的祭廢二韻，但卻沒有齊韻。宋代詩詞用韻上也是「支、脂、之、微、齊、祭、廢」七個韻通用。

從以上宋代韻書的分析情況可以看出支、脂、之三韻最先合併，接著再加入微韻，再來是齊、祭、廢。雖然有些韻書合併的過程較快，有些年代雖然稍

後，但卻尚未有支脂之微混用的情況，但是就語音演化的大方向來說，仍然是呈現止攝合併接著再與蟹攝合併的過程。因此，《南華眞經直音》中大量的支脂之微合併情況，正是與產生在宋代，韻目混用走向韻攝、止攝與蟹攝合用的情況相互呼應。

（二）咍、灰、泰合併

《南華眞經直音》韻母變化數量僅次於止攝的蟹攝，有許多例子是來自於宋代各本韻書咍、灰、泰三韻母之間的合併所致。這樣的現象並非僅產生於《南華眞經直音》，在宋代多本韻書當中亦可找到同樣的例證：

表 6-19　宋代語料「咍、灰、泰」合併情況

書　　名	成書年代	合　併　情　況
《集韻》	1039 年	代隊廢合併
《南華眞經直音》	1086 年	咍灰泰合併
《詩集傳》叶音	1177 年	佳皆灰咍泰夬合併
《五音集韻》	1212 年	灰咍分立，不與廢通
《九經直音》	1224 年以前	咍灰泰合併
宋代詩詞用韻	960 年～1279 年	齊祭廢和止攝合流，佳韻的「佳、崖、涯」、夬韻的「話」入假攝之外，剩下的蟹攝字都可互押。

從上表中的情況可以看出大多是咍灰泰三韻合併，但是其中也有較特殊的情況。例如：《集韻》合併過程當中少了泰韻，卻多了廢韻。有關廢韻的情況可與前文止攝「支脂之微」合併的情況相互參照。大多宋代韻書皆是支脂之微合併之後，接著就與蟹攝的齊祭廢再併，最後形成止蟹攝合用的情況。但是在此的《集韻》卻是少了泰韻而多了廢韻，是相當特別的情況。

另外，又如《五音集韻》，雖成書年代晚於《南華眞經直音》及《詩集傳》叶音，但是其灰咍兩韻仍然是分立的情況，也不與廢通，顯示其灰咍泰韻母仍未發生演化現象。

其他的《詩集傳》叶音、《九經直音》亦有咍灰泰三韻合併的情況產生，由其宋代詩詞用韻，刪除與止攝合流的齊祭廢，與佳韻的「佳、崖、涯」、夬韻的「話」入假攝之外，剩下的蟹攝字是都可互押的情況，這可能表示宋代詩詞押韻是較韻書寬鬆的情況，又或者象徵著蟹攝中的韻目已近完全混用的

形態。

三、聲　調

　　《南華眞經直音》聲調上最大的變化即是「全濁上聲歸去聲」。「全濁上聲歸去聲」是宋代語音演化的特色之一，在《詩集傳》叶音、《九經直音》的語音演化亦可以找尋到「全濁上聲歸去聲」之變化。《詩集傳》叶音例子如：

例　字	《詩集傳》叶音標音
戶	後五反
壽	殖酉反

第一個「戶」爲全濁聲母，在此「戶」已變讀去聲。第二個「壽」亦爲全濁聲母，但在此也已讀爲去聲。又如《九經直音》當中的例子：

例字	聲母	《九經直音》
倍	並	音背（去聲）
阜	奉	音浮（去聲）
稻	定	音桃（去聲）

「倍」、「阜」、「稻」三者皆是全濁上聲聲母，其聲調受全濁聲母影響，因此在此三者皆讀爲去聲。

　　《詩集傳》叶音與《九經直音》之中雖都有濁上歸去的例子，但是因《詩集傳》叶音成書時代較早，書中濁上歸去的例子並不是那麼的多。《南華眞經直音》在時代上又比《詩集傳》叶音更早，所以濁上歸去的例子在整本書 1233 條語料當中，也才有 18 個例子，數量相當稀少。但從這邊亦可見《南華眞經直音》是代表全濁聲母開始對聲調產生影響的時代。

　　從上文《南華眞經直音》語音演化特色與宋代語音特色比較之後，可以發現兩者有許多相同之處，都是宋代語音系統的顯著特色，可見《南華眞經直音》語音的變化深受當時代語音影響。若從宋代四川方言來與《南華眞經直音》的音變現象做相關討論，情況是與大方向的宋代語音差異不大。就如彭金祥在〈四川方音在宋代以後的發展〉所討論的，宋代四川方言的韻部也是逐漸的減少，合併成語音發展的主要形式，是與整個宋代語音發展的趨向是一致的。

　　另外，就上文所討論《南華眞經直音》韻母產生演化現象數量最多的是在止攝，這其實與彭金祥所觀察到的宋代四川方言的支部一樣，是韻字和韻例都比較多的情況。但是彭金祥文中的支部是包含了止攝諸韻和蟹攝的齊祭等韻，這是與當時代的語音變化及韻目合併狀況相同，但《南華眞經直音》之中止攝與蟹攝混用的情況僅有兩個例子，並不足以證明止攝與蟹攝已經合併。

第七章　結　論

　　成書於西元 1086 年的《南華眞經直音》是北宋道士賈善翔所作。原有三十三篇，但目前僅存〈逍遙遊〉至〈天運〉共十四篇音注內容。音注內容摘字爲音，音注體例則以直音爲主，反切爲輔，被注字大，注字略小，標音總數爲 1233 條。

　　本研究因欲了解《南華眞經直音》之語音特色，因此一開始便將其內容與《廣韻》互相對照，並刪除了與《廣韻》相同的音注 868 條，因此兩者標音不同者有 365 條。但這 365 條有些例子被注字與注字之間並非倚靠音韻作連繫，再者將《南華眞經直音》與陸德明的《莊子音義》互相參照之後，竟發現其中有不少的語料是引自此本，而後再將《南華眞經直音》與《莊子音義》比較後找出引自《莊子音義》的語料再加以分析。另外，因同爲北宋道士的陳景元所作《南華眞經章句音義》其中亦有大量語料引自《莊子音義》，因此將三者內容作比較。

　　其分析結果顯示這 365 條當中有些被注字與注字之間以語音作爲連繫者，雖與《廣韻》標音不同，但卻和《莊子音義》標音完全相同，如：

　　　　淖，綽。【700-1-14，逍遙遊 55，總數 55】

「淖」爲「奴教切」，聲母「娘」，韻母「肴」，去聲。其直音「綽」爲「昌約切」，聲母爲「昌」，韻母爲「藥」，入聲。本字「淖」與其直音「綽」，不管

在聲母、韻母抑或是聲調上，都有所差別。但《莊子音義》與《南華眞經章句音義》「淖」皆作「昌略切」，和《南華眞經直音》中的「綽」，聲、韻、調皆相同，因此可看出此例與《莊子音義》、《南華眞經章句音義》實屬同一語音系統。

除了與《莊子音義》同一語音系統者，尙有被注字與注字非以語音作連結的情況，如：

恒，長。【702-2-1，大宗師46，總數561】

「恒」爲「恆」之異體字，對照《莊子》內文後可發現在此的「恒」字是當「平常」且「長久不變」之意，與注字「長」同義，因此兩者之間的關係是「釋義」而非使用語音作爲連繫。又如《南華眞經直音》中出現多次的：

大知，智。【700-2-15，齊物36，總數144】

此語料所要表達的即是「智」爲「知」之分化字。另外，還有標明版本異文的語料：

錘，捶。【702-3-1，大宗師142，總數657】

「錘」與「捶」在流傳的《莊子》版本當中都有使用，在此《南華眞經直音》便欲透過這個例子來說明「錘」字在其他版本有所不同的情況。

以上所得皆是將《南華眞經直音》與《莊子音義》、《南華眞經章句音義》比較後之結果。《南華眞經直音》中還有一些較特殊的情況，如其內容當中就有使用許多異體字：

礜，知邑切。【703-1-13，馬蹄11，總數773】

「礜」亦是「縶」之異體字。此外，還有一些是刻工所導致被注字與注字語音不符的情況：

汱，血。【700-1-4，逍遙遊14，總數14】

「汱」於《莊子》、《莊子音義》與《南華眞經章句音義》中皆未出現，但與《莊子》本文對照後，推測此字可能爲「決」。除字形相似之外，「決」聲韻母與直音「血」相同，因此推斷「汱」爲「決」字之誤。還有一些是無法歸入前列幾項的特殊例子：

狙猿，侯。【701-3-5，人間世117，總數426】

《南華眞經直音》標「猿」音爲「侯」，然而《莊子音義》、《南華眞經章句音義》本字皆作「猴」，直音「侯」。「猿」爲靈長目猿科動物的泛稱，與猴同類，因此由《南華眞經直音》可看出賈善翔以爲「猿」與「猴」是等同的，才會於本文中作「狙猿」，標音「侯」。

扣除以上之語料之後，實際產生音變之語料共有 127 例。這 127 例若與《莊子音義》、《南華眞經章句音義》與《廣韻》相較下，《莊子音義》、《南華眞經章句音義》兩者是較《南華眞經直音》接近《廣韻》系統的。再者將這127 例與《集韻》作比較，可發現其中的 33 例在《集韻》之中被注字與注字音韻上是完全相同的情況。由此可見《廣韻》至《集韻》成書這段期間，這33 條語料產生了變化，但這 33 例佔音變語料當中的數量並不多，且並非大量集中在某幾個聲母或者韻母上，因此對於整體音變現象影響並無太大影響，所以本文仍是以與《廣韻》對照爲主，來看這 127 例語料爲何產生了演化。

結果顯示，這 127 條語料之所以產生音變，主要是受宋代語音演化的影響。雖 127 條語料當中，聲母僅有 27 例，但這 27 例其中有 15 例是因「濁音清化」而導致被注字與注字在語音上有所差異，如：

標，並小切。【704-2-6，天地 86，總數 1072】

「標」聲母亦是「幫」，後之標音「並小切」聲母同爲「並」。另外，聲母的變化當中有牙喉音互混的現象產生：

匡，於方切。【700-3-20，齊物 138，總數 245】

「匡」，聲母亦爲牙音「溪」，後「於方切」聲母則是喉音「影」。

韻母方面的演化則是以同攝韻母混用爲主，且韻母的演化大量出現在止攝與蟹攝當中。如：

疵，慈。【701-2-8，人間世 44，總數 353】

被注字「疵」與標音「慈」兩字在聲母、聲調及開合、等第上皆相同，兩者僅在韻母上有所差異。「疵」字韻母爲「支」，作爲標音的「慈」韻母則爲「之」。韻母之所以產生演化，是因當時代同攝韻母混用頻繁，逐漸朝著韻攝發展。

聲調方面的音變現象出現較多的是上聲字以去聲字注音的情況，如：

殆，大。【701-1-3，養生主 2，總數 268】

「殆」使用「大」爲其直音，兩者同樣屬定母、開合及等第上相同，但前字

「殆」爲上聲，直音「大」卻爲去聲。聲調變化的語料會集中在上聲字以去聲字注音的情形，大多是因「濁上歸去」所致，也就是受到全濁聲母的影響，使得其聲調由本來的上聲變成去聲。在聲調產生變化的同時，其實也使得韻母發生了改變，甚至也使得開合與等第產生變動。

　　綜合以上所論，透過本論文研究可發現《南華眞經直音》雖大多數語料與《廣韻》標音相同，但是由不同的 127 條語料當中，可以看出《南華眞經直音》極具特色之處，如：《南華眞經直音》許多音注承襲自《莊子音義》；《南華眞經直音》內容並不僅止於標音，有些語料是釋義、標明分化字、版本異文的情況，文中亦使用了許都異體字；127 條語料聲母上表現出宋代語音特色「濁音清化」、「牙喉音互混」的現象；韻母同時展現出韻目混用，逐漸發展成韻攝的過程；聲調方面則呈顯「濁上歸去」的宋代語音特色；開合與等第上的演變則深受「韻目混用」及「濁上歸去」的影響。因此，產生音變現象的 127 條語料深具宋代語音演化特色。

　　因本論文是先刪除與《廣韻》、《莊子音義》同音韻系統者，因此，研究成果所呈現的語音現象是《南華眞經直音》產生演化現象的部分，並非整部《南華眞經直音》的語音系統。延續性研究可先去除非《南華眞經直音》標音部分，接著將所有標音的語料進行分析，呈現《南華眞經直音》完整之語音系統。又或者從《莊子音義》、《南華眞經直音》、《南華眞經章句音義》三者的語音資料進行分析比較，以明各本之語音系統特色。

　　《南華眞經直音》是賈善翔爲了研讀《莊子》方便而寫的韻書，裡面按篇摘字標注不避繁瑣，許多標音一再重複，但也因此省卻了翻檢上的困難。其中標音方式及內容當然不如傳統韻書來得有系統有條理，其被注字與注字之間僅用大小字來加以區別，有時不僅是標音，甚至是釋義，或抄或自創，這就是《南華眞經直音》極具特色之處。但從其自創的標音裡頭，又可以找到當代語音演化的陳跡，與當時韻書語音特色相互呼應，這也是《南華眞經直音》特出之處。

參考書目

（一）古 籍（依時代先後排列）

1. 〔西漢〕司馬遷《史記・項羽本紀》，北京：中華書局，2007 年。

2. 〔東漢〕趙岐注、宋・孫奭疏、廖名春，劉佑平整理：《孟子注疏》，北京：北京 大學出版社，2000 年 12 月。

3. 〔東漢〕許慎著、〔清〕段玉裁注：《新添古音說文解字注》，臺北：洪葉文化事業 有限公司，2005 年 9 月。

4. 〔東漢〕何休：《春秋公羊傳何氏解詁》，卷九，臺北：臺灣中華，1965 年。

5. 〔東漢〕班固著、〔唐〕顏師古注、楊家駱主編：《漢書・高帝紀》卷一，臺北： 鼎文書局，1986 年。

6. 〔唐〕陸德明：《經典釋文》，臺北：藝文印書館。

7. 〔唐〕唐玄度：《九經字樣・原序》，《說文解字篆韻譜》北京：商務印書館，2006， 頁 1。

8. 〔北宋〕陳彭年：《新校宋本廣韻》，臺北，洪葉文化，2001 年。

9. 〔北宋〕丁度《校訂本集韻》，臺北，學海書局，1986 年。

10. 〔北宋〕《四聲等子》，收錄於《等韻五種》，臺北：藝文印書館，2005 年。

11. 〔北宋〕蘇軾：《東坡全集》卷七十一，北京：商務印書館。

12. 〔南宋〕阮閱《詩話總龜後集》收錄於臺灣商務印書館：《文淵閣四庫全書集部》， 臺北，商務印書館，1986 年。

13. 〔南宋〕鄭樵：《通志》，北京：商務印書館，2006 年。

14. 〔南宋〕陳振孫：《直齋書錄解題》（上），臺北：廣文書局，1979 年。

15. 〔元〕托克托等修:《宋史》,北京:商務印書館,2006 年。

16. 〔明〕陶宗儀《説郛》,北京:商務印書館,2006 年。

17. 〔明〕張宇初編撰、李一氓主編:《道藏》,上海:上海書店、文物出版社、天津古籍出版社,1994。

18. 〔清〕江藩:《經解入門‧卷四 說經必先知音韻第二十五》,天津:古籍書店,1990,頁 114。

19. 〔清〕陳澧:《切韻考》,上海市:上海古籍出版社,2008 年。

20. 〔清〕郭慶藩輯、王孝魚整理:《莊子集釋》,臺北:萬卷樓,2007 年 8 月,再版。。

21. 〔清〕謝啓昆:《小學考》,臺北:藝文印書館,1974 年 2 月。

22. 長澤規矩也:《明清俗語辭書集成》,臺北:上海古籍出版社,1989 年。。

23. 張耕注評、〔唐〕封演著:《封氏聞見記》,北京:學苑出版社,2001 年 10 月。

24. 張耕注評、〔唐〕封演著:《封氏聞見記》,北京:學苑出版社,2001 年 10 月。

25. 張繼禹主編:《中華道藏》,北京:華夏出版社,2004 年 1 月。

26. 林夕主編:《中國著名藏書家書目匯刊‧明清卷》,北京:商務印書館,2005 年。

(二) 專 書 (依姓氏筆畫排列)

1. 王力:《漢語音韻學》,臺北:藍燈出版社,1991 年。

2. 王力:《漢語語音史》,北京:中國社會科學出版社,1998 年。

3. 王力:《中國語言學史》,臺北:五南出版社,1996 年。

4. 王力:《漢語音韻》,北京:中華書局,2003 年。

5. 任繼愈主編:《道藏提要》,北京:中國社會科學出版社,1995 年 8 月。

6. 何大安:《聲韻學中的觀念和方法》,臺北:大安出版社,2008 年。

7. 李新魁:《漢語音韻學》,北京:北京出版社,1986 年。

8. 周碧香:《實用訓詁學》,臺北:洪葉文化事業有限公司,2006 年 10 月,初版。

9. 林尹:《中國聲韻學通論》,臺北:黎明出版社,1982 年。

10. 林慶勳、竺家寧:《古音學入門》,臺北:臺灣學生書局,2002 年。

11. 竺家寧:《九經直音韻母研究》,臺北:文史哲出版社,1980 年 11 月。

12. 竺家寧:《音韻探索》,臺北:臺灣學生書局,1995 年。

13. 竺家寧:《聲韻學》,臺北:五南出版社,2007 年,2 版 14 刷。。

14. 金周生:《宋詞音系入聲韻部考》,臺北:文史哲出版社,2008 年。

15. 迪志文化出版有限公司:《文淵閣四庫全書電子版‧五經總義類‧經典釋文提要》,香港:迪志文化出版有限公司。

16. 卿希泰:《中國道教史修定本》,四川:四川人民出版社,1996 年。

17. 徐通鏘:《歷史語言學》,北京:商務印書館,1991。。

18. 耿振生:《20 世紀漢語音韻學方法論》,北京:北京大學出版社,2004 年。

19. 高本漢：《中國音韻學研究》，北京：商務印書館，2003 年。

20. 陳保亞：《20 世紀中國語言學方法論》，山東：山東教育出版，1999 年。

21. 馮利華：《中古道書語言研究》，四川：巴蜀書社，2010 年 11 月。

22. 董同龢：《漢語音韻學》，臺北：文史哲出版社，1993 年。

23. 董同龢：《語言學大綱》，中華叢書，1964 年。

24. 劉復、李家瑞：《宋元以來俗字譜》，中研院歷史語言研究所，1930 年 2 月。

25. 劉曉南：《漢語音韻研究教程》，北京：北京大學出版社，2007 年。

26. 謝雲飛：《中國聲韻學大綱》，臺北：學生書局，1987 年。

27. 謝雲飛：《語音學大綱》，臺北：學生書局，1987 年。

28. 鍾京鐸：《陶淵明詩注釋》，臺北：學海出版社，2005 年 2 月。

29. 嚴一萍編：《道教研究資料第一輯》，臺北：藝文印書館，1991 年，再版。

30. 嚴靈峰：《周秦漢魏諸子知見書目》，臺北：正中，1975 年。

（三）期　刊（依姓氏筆畫排列）

1. 丁邦新：〈重建漢語中古音系的一些想法〉，中國語文第 6 期，1995 年，頁 414～419。

2. 于維杰：〈宋元等韻圖研究〉，成功大學學報，第 7～8 期，1973 年，頁 137～214。

3. 王予鋒：〈淺論漢字的注音方法〉，和田師範專科學校學報（漢文綜合版）第 43 期，2006 年，頁 97～99。

4. 王式畏：〈淺談反切〉，德宏教育學苑學報，第二期，2003 年，頁 37～56。。

5. 王進安：〈《韻學集成》與《直音篇》比較〉，福建師範大學學報（哲學社會科學版），第 4 期，2005 年。

6. 朱聲琦：〈從古今字、通假字等看喉牙聲轉〉，徐州師範大學學報（哲學社會科學版），1998 年 3 月，頁 49～52。

7. 吳繼剛：〈漢語字典注音方式中的直音法〉，樂山師範學院學報，第 21 卷第 4 期，2006 年 4 月，頁 51～53。

8. 李文澤：〈史炤《資治通鑑釋文》與宋代四川方音〉，《四川大學學報》（哲學社會科學版）109 期，2000 年，頁 75～79。

9. 李建強：〈關於曉匣影喻演變的研究〉，南陽師範學院學報（社會科學版）第 3 卷第 4 期，2004 年 4 月，頁 100～105。

10. 李添富：〈《古今韻會舉要》與〈禮部韻略七音三十六母通考〉比較研〉究，輔仁學誌－文學院之部，第二十三期，1994 年 6 月，頁 1。

11. 竺家寧：〈四聲等子之音位系統〉，木鐸，第 5～6 期，1977 年，頁 351～368。

12. 竺家寧：〈九經直音的濁音清化〉，木鐸，第 8 期，1979 年，頁 289～302。

13. 竺家寧：〈九經直音的時代與價值〉，孔孟月刊，第 19 卷第 2 期，1980 年，頁 345～356。

14. 竺家寧：〈九經直音聲調研究〉，淡江學報，第 17 期，1980 年，頁 1～20。

15. 竺家寧：〈九經直音知照系聲母的演變〉，東方雜誌，第 14 卷第 7 期，1981 年，頁 25～28。

16. 竺家寧：〈宋代語音的類化現象〉，淡江學報，第 22 期，1985 年，頁 57～65。

17. 竺家寧：〈宋元韻圖入聲分配及其音系研究〉，中正大學學報，第 4 卷第 1 期（人文分冊），1993 年，頁 1～36。

18. 竺家寧：〈論近代音研究的方法、現況與展望〉，漢學研究第 18 卷，2000 年，頁 175～198。

19. 邱榮鐋：〈集韻研究提要〉，華學月刊，第 33 期，1974，頁 35～37。

20. 金周生：〈元好問近體詩律支脂之三韻已二分說〉，輔仁學志，第 20 期，1991 年，頁 187～194。

21. 金周生：〈朱注協韻音不一致現象初考〉，輔仁國文學報，第 8 期，1991 年，頁 149～170。

22. 金建鋒：〈北宋道士陳景元生平事蹟考述〉，中國道教 2 期，2011 年，頁 43～48。

23. 俞理明、周作明：〈論道教典籍語料在漢語詞彙歷史研究中的價值〉，綿陽師範學院學報，第 24 卷第 4 期，2005 年 8 月，頁 1～6。

24. 柯淑齡：〈夢窗詞韻研究〉，木鐸，第 5～6 期，1977 年，頁 227～324。

25. 孫建元：〈宋人音釋的幾個問題〉，廣西師範大學學報（哲學社會科學版）第 36 卷第 1 期，2000 年 3 月，頁 38～39。

26. 秦淑華：〈《玉篇直音》的語音系統〉，漢字文化，2011 年第 4 期，頁 36～38。

27. 耿志堅：〈全金詩近體詩用韻（陰聲韻部分）通轉之研究〉，第十屆聲韻學研討會論文，高雄：中山大學，1992。

28. 袁媛：〈《南華真經直音》音切淺探〉，鄖陽師範高等專科學校學報，第 32 卷第 1 期，2012 年 2 月。

29. 張平忠：〈中古以來齒音開合口的演變〉，福建師範大學學報（哲學社會科學版）第 172 期，2012 年，頁 95～103。

30. 張民權：〈宋代古音學考論〉，首都師範大學學報（哲學社會科學版）第 144 期，2002 年，頁 76～87。

31. 許金枝：〈東坡詞韻研究〉，臺灣師範大學國文研究所集刊，第 23 期，1979 年，頁 775～854。

32. 陳會兵：〈漢字注音的發展歷程〉，社會科學家第 148 期，2009 年 8 月，頁 149～158。

33. 陳榮澤、高永鑫：〈巴蜀方言語音研究綜述〉，四川理工學院學報（社會科學版），第 23 卷第 1 期，2008 年 2 月，頁 92～95。

34. 陸元兵：〈中古全濁聲母送氣說〉，語文學刊第 12 期，2005 年，頁 139～141。

35. 陸華：〈《資治通鑑釋文》音切反映的宋代音系——聲類的討論〉，柳州師專學報，第 19 卷 3 期，2004 年 9 月，頁 35～37。

36. 彭金祥：〈四川方言在宋代以後的發展〉，樂山師範學院學報，第 21 卷第 3 期，2006 年 3 月，頁 50～54。

37. 舒泉福、鄧強、丁治民：〈《南華真經直音》聲類研究〉，溫州職業技術學院學報，第七卷第一期，2007 年 3 月，44～46 頁。

38. 馮娟、楊超：〈陳景元道藏音注研究——有關聲母系統的研究〉，西華師範大學學報（哲學社會科學版），第二期，2005 年，頁 94～97。

39. 楊建忠、賈芹：〈談古書中的「點發」〉，古漢語研究，第 72 期，2006 年，頁 86～87。

40. 楊春俏，闕建華：〈許敬宗奏請《切韻》窄韻「合而用之」考辨〉，山東師範大學學報（人文社會科學版），第 234 期，2011 年，頁 21～26。

41. 葛樹魁：〈喉牙音考〉，語文學刊，2010 年 2 月，頁 5～11。。

42. 劉祖國：〈試論道經語言學〉，船山學刊第 77 期，2010 年，頁 161～163。

43. 劉曉南：〈宋代文士用韻與宋代通語及方言〉，古漢語研究第 50 期，2001 年，頁 25～32。

44. 劉曉南：〈從歷史文獻看宋代四川方言〉，四川大學學報（哲學社會科學版），第 2 期，2008 年，頁 36～45。

45. 黎新第：〈近代漢語聲母全濁清化研究述評〉，重慶大學學報（哲學社會科學版）第 3 期，2008 年，頁 103～109。

（四）學位論文（依姓氏筆畫排列）

1. 伍明清：〈宋代之古音學〉，國立臺灣大學，中國文學研究所，碩士論文，1989 年年。

2. 汪業全：〈《道藏》音釋研究〉，廣西師範大學，碩士論文，2001 年 5 月。

3. 姜忠姬：〈五音集韻研究〉，臺灣師範大學，國文所博士論文，1987 年。

4. 姜忠姬：〈五音集韻與廣韻之比較研究〉，臺灣師範大學，國文研究所碩士，1980 年。

5. 柯建林：〈清孫侶《爾雅直音》音系研究〉，首都師範大學，碩士學位論文，2011 年。

6. 孫建元：〈宋人音釋研究〉，南京大學，博士論文，1997 年。

7. 耿志堅：〈宋代律體詩用韻之研究〉，政治大學，中文研究所碩士論文，1978。

8. 陳梅香：〈皇極經世解起數訣之研究〉，中山大學，中文所碩士論文，1993 年。

9. 陳瑤玲：〈新刊韻略研究〉，文化大學，中文所碩士論文論文，1991。

10. 楊徵祥：〈元代標準韻書音韻系統研究〉，成功大學，中文所博士論文，2006 年。

（五）網路資料

1. 《異體字字典》，中華民國教育部國語推行委員會編輯，
   http://dict.variants.moe.edu.tw/2004 年。

附錄資料

《中華道藏》收錄之《南華眞經直音》書影（一）

南華真經直音

008 南華真經直音

經名：南華真經直音。北宋賈善翔撰，成書於元祐丙寅（1086）。一卷。底本出處：《正統道藏》洞神部玉訣類。

直音序

崇得悟真大師臣賈善翔上進

天下搢紳之士，始束髮讀書，則擇師友而受之。故能高談奧論，別白真偽，而後享貴富，流聲无垠，未始不始於斯。所謂一卷之書，必立之師者是已。然世之好事者，不暇擇師友，每乘閑披覽以適性情，而其間有深字及點發假借稱呼者，往往不識。遂考之于釋音。然釋音有類格，翻切之難，不能洞曉。於是檢閱至于再，至于三，其心已倦息，而不覺掩卷就枕。不識字則不知義，不知義則无味，无味則不樂，不樂則欲无倦息，其可得耶？愚非閭之於交游，實目擊斯人之若此。因吐納之暇，輒以老莊深字泊點發假借者，即以音和切之。其有難得淺字可釋者，皆以淺字誌之。庶披覽者易得其字。命之曰直音。亦小補於學者之一端云。元祐丙寅之冬蓬丘子記。

逍遙遊第一　齊物論第二
養生主第三　人間世第四
德充符第五　大宗師第六
應帝王第七　駢拇第八
馬蹄第九　胠篋第十
在宥第十一　天地第十二
天道第十三　天運第十四
刻意第十五　繕性第十六
秋水第十七　至樂第十八
達生第十九　山木第二十
田子方第二十一　知北遊第二十二
庚桑楚第二十三　徐无鬼第二十四
則陽第二十五　外物第二十六
寓言第二十七　讓王第二十八
盜跖第二十九　說劍第三十
漁父第三十一　列御寇第三十二
天下第三十三

南華真經直音

六九九

《中華道藏》收錄之《南華眞經直音》書影（二）

中華道藏　第十三冊

逍遙遊

鵾昆。鵬，明。搏，團。而上，時掌切。邪，以遮切。且夫，扶。坳，於交切。平。培，裴。夭，於表切。閼，遏。膠，教切。鷽學，汶。血。搶，七良切。蜩，調。方。莽蒼：上，忙去聲；下，蒼去聲。舂，詩容切。椿，丑倫切。棘，亟。蒿，好刀切。上，上聲。翶，遨。故夫，扶。知，智。行，去聲。徵，作成字讀。譽，餘。沮，將預切。之分，扶問切。數數，朔。泠，零。惡乎，烏。爝，爵。子治，持。鷦，焦。與乎，預，下同。觀，去聲。斄，禄公切。肌，飢。淖，綽。疵，慈。鶢鶋，遠。不治，去聲。樽，尊。俎，阻。歷切。磅，傍。礴，泊。溺，奴。鑄，注。垢，古口切。枇，七。糠，康。陶，桃。怡，注。瓠，戶。之種，上聲。盛，成。切。瓠，戶郭切。呺，許橋切。

小知，智。菌，郡。蟪，惠。榆，俞。樿，廣，去聲。數，上聲。姑，姑。

經切。澼，僻。絖，曠。數，去聲。鬻，育。伎，伐。說，稅。難，去聲。將，去聲。瓠。莝，廷。楹，盈。恢，魁。恑，鬼。憰，決。落，戶郭切。卷，拳。狸，狌，姓。中，知仲切。辟，擗。罟，去聲。跳，倏。中於，知仲切。復通，扶又切。幾，飢，下同。狙，七余切。繪，掄，骨。滑，骨。惡乎，烏。其好，去聲，下同。綮，梨。徬，彷。徨，皇。芋，序。惡乎，烏。為是，謂。殤，傷。夭，方。

齊物論

蔡其，隱，去聲。嘘。嗒，嗒塔切。喪，去聲。耦，偶。槁，考。籟，賴。夫，扶。塊，苦對切。噫，乙戒切。翏，良救切。畏佳，上委切；下諸鬼切。枅，雞。圈，樞圓切。者，市禍切。偏，片。狙，子余切。嬌，墻。麗，離。姬，肌。殺，爻。吾惡，烏。洿，戶。邪，爺，下同。淫，濕。鰌，秋。怵，恂。荀，柰，患。麋，眉。蜩，即。蛆，子余切。鴟，尺夷切。鴉，鴉。慄，栗。悅切。膾，古外切。艾，岁。瞀，五結切。缺，丘。保，膾，古外切。圉，吾官切。幾，飢。葆，忮，至。昭，照。不稱，尺證切。嗛，苦草切。表切。眹，軫。滑，骨。為乎，烏。其，方。

倪，五稽切。惡乎，烏，下同。詎，巨。瞿，衢，之行，去聲。炙，之夜切。為汝，胃。旁，亦大，太。蘊，於粉切。滑湣，上骨，下昏。予惡，烏，下同。惡死，汗，去聲。喪，去聲。離，爺下同。姬，肌。匡，於方切。夫，扶。蘄，祈。隸，例。苞，徒奔切。參，余。愛，烏。旁，去聲。挾，戶牒切。挀。宙，治救切。胠，為汝，胃。

歷切。斷，短。汾，扶云切。之瑞切。栝，聒。詛，側據切。殺，色界切。厭，於葉切。緘，古咸切。洫，亦。熱，之涉切。樂，洛。姚，遥。佚，逸。態，太。窅，教。覺，教。縵，未旦切。智，預，下同。大知，智。閒，間。刁，詹，占，教。惴，之瑞切。和，去聲。飄，飄。濟，去聲。夫吹，扶。邪，爺。

怡，注。瓠，戶。之種，上聲。盛，成。剖，普口切。呺，許橋切。掊，剖。洴，並。菌，郡。廱，美。茶，刀結切。邪，爺下同。刺，郡。廱，美。茶，刀結切。邪，爺下同。鑄，注。垢，古口切。倪，崖音亦，依字讀，下同。曼，萬。衍，以戰切。操，與，余。蚡，附。景，影。襄，乃蕩切。鯢而，教。吊，的。施，鬼。魆，音啞。夫，扶。蘄，祈。姬，肌。匡，於方切。麗，予惡，烏，下同。惡死，汗，去聲。喪，去聲。離，爺下同。

七〇〇

《正統道藏》收錄之《南華真經直音》書影（一）

南華真經直音　南華　聽四
直音序
崇德悟真大師　臣　賈善翔上進

天下搢紳之士始束髮讀書則擇師友而受
之故能高談與論別白真偽而後事貴富流
聲无垠未始不始於斯所謂一卷之書必立
之師者是巳然世之好事者不暇擇師友每
乘閒披覽以適性情而其間有深字及點發
假借稱呼者往往不識遂考之于釋音然而
音有類格翻切之難不能洞曉於是捫閱至
于再至于三其心巳倦息而不覺掩卷就枕
不識字則不知義則无味无味則不
樂不樂則欲无倦息其可得耶愚非聞之於
交游貫目擊斯人之若此因吐納之暇輒以
老莊深字泊點發假借者皆以淺字誌之其
有難得淺字可釋者即以音和切之庶披覽
者易得其字命之曰直音亦小補於學者之
一端云元祐丙寅之冬蓬丘子記

逍遙遊第一
齊物論第二
養生主第三
人間世第四

德充符第五　　　大宗師第六
應帝王第七　　　駢拇第八
馬蹄第九　　　　胠篋第十
在宥第十一　　　天地第十二
天道第十三　　　天運第十四
刻意第十五　　　繕性第十六
秋水第十七　　　至樂第十八
達生第十九　　　山木第二十
田子方第二十一　知北遊第二十二
庚桑楚第二十三　徐无鬼第二十四
則陽第二十五　　外物第二十六
寓言第二十七　　讓王第二十八
盜跖第二十九　　說劍第三十
漁父第三十一　　列御寇第三十二
天下第三十三

逍遙遊

齊物論

《正統道藏》收錄之《南華眞經直音》書影（二）

南華眞經直音

誌　謝

　　首先要感謝我的指導老師周美慧老師與周西波老師。認識兩位老師已有很長的時間。大學時申請「大專生參與國科會計畫」是美慧老師指導的。大三時的我對於未來很茫然，也未曾想過自己可以寫出一篇論文。但老師那時的鼓勵與指導，讓我踏入了聲韻學、語言學這塊領域，也完成了人生當中的第一篇小論文。升上研究所之後，雖然那時美慧老師回到臺北教書，但每當有發表的機會，老師就會鼓勵我去參加，老師對我的關心與照顧並沒有因為臺北與嘉義的距離而間斷，也就這樣一路跟著老師至今。在這過程中，有時迷失了方向，有時感到困惑，老師總是及時的拉我一把，在老師身上我看到了對聲韻學研究的熱情，也感染了這份熱情。碩班後，老師還是願意繼續指導我，真的是說不盡的感謝。開始撰寫論文之後，老師就算沒課還是會撥空到學校與我見面討論，最後的這半年甚至犧牲了自己的假日時間，對於老師這幾年來的照顧與指導，除了感謝還是感謝。

　　在大學時期也認識了西波老師，一直以來就覺得西波老師是位才學豐富的老師，上老師的課真的相當有收穫。當時決定以《道藏》收錄的語料作為研究對象時，馬上就想請西波老師當指導教授。雖然老師那時驚訝的問「妳確定嗎？」我想那是非常確定的，總覺得不能錯過這麼博學的老師。雖老師常謙虛的說自己是掛名的，但實際上老師提供我相當多論文的相關材料與資訊，也花了頗多的時間幫我看論文。真的很謝謝老師這段日子以來的幫助與

教導。

　　另外，也很感謝口考委員江俊龍老師與楊徵祥老師。撰寫論文時，很多盲點是我自己沒有察覺到的，不管是在計劃口考還是論文口考，兩位老師都提供了很多寶貴的意見，讓我的論文能夠更加完善。由衷的感謝兩位老師。

　　大學與研究所都是在嘉大完成的，系上的老師就像我的家人一般，這幾年來受到老師們很多的照顧與指導，很謝謝老師們。

　　最後，也要謝謝我的家人，提供我很好的唸書環境，還有爸媽不斷的鼓勵，讓我能夠克服許多困難，能夠毫無顧慮的繼續升學，完成自己的夢。